Max Kassa

Opus Corvorum

Max Kassa

Opus Corvorum

Ein Rabenleben

Von Krähen und anderen *schrägen* Vögeln

Roman

Impressum

Bibliografische Information der Deutschen Nationalbibliothek:
Die Deutsche Nationalbibliothek verzeichnet diese Publikation in der
Deutschen Nationalbibliografie; detaillierte bibliografische Daten sind im
Internet über http://dnb.dnb.de abrufbar.

Herstellung und Verlag: BoD – Books on Demand, Norderstedt

ISBN: **9783756834013**

Zu diesem Buch

Rabenvögel sind außerordentlich intelligente und kluge Vögel. Ihr Verhalten ist manchmal witzig und menschlich. Dieser kleine Roman soll dazu beitragen, die Rabenvögel besser zu verstehen und Abneigungen zu tilgen.

Ludwig ist überheblich, gebildet und eingebildet, verfressen und arrogant. Er pendelt zwischen Nachbarn, Wölfen und Krähen als Mittler zwischen Mensch und Tier

In Gesprächen mit Wilhelm werden so verschiedene Themen wie „vernunftbegabte Menschen" und weniger vernunftbegabte Individuen, Evolution, Hautfarbe, Tierwohl, Politik und andere Themen angerissen. Eine Krähe ist eben wissbegierig. Sogar zu einer Fußballübertagung darf sie ihren Meister begleiten.

Abgesehen von den maßlosen Übertreibungen sind die Darstellungen der Verhaltensweisen korrekt.

Raben handeln planvoll, begreifen Zusammenhänge durch abstraktes Denken und stellen Werkzeuge her. Sie spielen, lügen, betrügen und petzen. Sie haben ein gutes Gedächtnis und unterscheiden zwischen Freund und Feind. Sie sind hinterhältig und gemein, aber auch liebevoll. Sie sind auch soziale Teamplayer und bilden mit Wölfen Symbiosen. Sie sind geschwätzig und neugierig – auch die Männchen. Sie sind ein wenig menschlich.

Titelbild

Ich bedanke mich bei Heinrich Schott für die Hilfestellung und Nutzung des wunderbaren Rabenbildes.

http://www.heinrich-schott.de/

Opus Corvorum

Ein Rabenleben

Vorwort

Ludwig: „Demütig und mit der mir eigenen Bescheidenheit halte ich es für angebracht, der Welt Einblicke in das Leben eines Genies zu gewähren. Ich, Ludwig, bin der Edelste unter den Edlen. Ich bin genial, gebildet, kultiviert und unglaublich schön. Mein Gesang ist betörend und meine Schlauheit einzigartig. Gleichwohl, meine Schwingen sind nicht zum Halten eines Schreibstiftes ausgebildet, sodass ich, ein junger Autor von glänzendem Talent, meinen Freund und Mentor Wilhelm gebeten habe, von meinem vortrefflichen und die Welt beglückendem Leben zu berichten."

Wilhelm: „Er übertreibt."

Ich stelle mich (vor)

Jetzt sitze ich hier seit geschlagenen zwei Stunden auf meinem Lieblingsast und nehme eine kleine Geflügelmahlzeit ein während ich dabei den fetten, voll gefressenen Kater Udo aus der Nachbarschaft beobachte. Er liegt am Randes des kleinen Teiches in der Sonne und schläft, schläft seit zwei Stunden. Er raubt mir meine kostbare Zeit. Dieser räuberische gallische Zwerg Napoleon meinte zwar, dass Zeitdiebe nicht bestraft werden, aber abwarten!

Übrigens, mein Name ist Ludwig von Corvus. Ich nehme an, dass es sowohl an meiner musikalischen Ausbildung als auch an meinem betörenden Gesang liegt, dass man mich zuweilen mit dem Kapellmeister Ludwig van Beethoven vergleicht.

Mein Lieblingsbaum ist ein alter prächtiger Ahorn, welcher auf dem Grundstück von Luise und Wilhelm steht. Bei einem meiner täglichen Inspektionsflüge über die Hammewiesen am Rande des idyllischen Künstlerdorfes Worpswede ist es mir ins Auge gefallen, das Stückchen Land mit Bäumen, Teichen und Skulpturen, die die Krone der Schöpfung darstellen: Raben!

Ein Künstlerdorf und ein offensichtlicher Rabenversteher, das ist, finde ich, ein angemessener Ort für einen der begabtesten und schönsten Vertreter meiner Sippe, für mich.

Ich bin nicht irgendein Rabe, nein, ich stamme aus dem edlen Geschlecht der Rabenkrähen.

Man kann sagen, dass wir Raben, insbesondere wir Krähen, die schlausten und am weitesten entwickelten Geschöpfe auf der Erde sind. Wir sind die Spitze der Evolution. Gut, vielleicht außer den Menschen. Naja, auch einige Affen sollen ziemlich schlau sein, aber es sind eben nur Affen. Und dann soll es irgendwo im Meer Delphine und die neunmalklugen Oktopoden geben, denen man eine gewisse Intelligenz unterstellt. Nicht zu vergessen meine Brüder im Geiste, die begabten Keas in den Bergen von Neuseeland. Nicht so hochentwickelte Menschen wie mein Freund Wilhelm glauben gar, Eulen seien schlau. Sie haben große, nach vorn gerichtete Augen und sehen damit schlau aus, aber sonst?! Pallas Athene mit ihren albernen Käuzen hat den griechischen Absturz in die Bedeutungslosigkeit auch nicht verhindert.

Übrigens waren wir dem Gott Apoll heilig und der galt immerhin als der Schönste in der Götterwelt.

„Edel sei der Rabe, hilfreich und gut, denn das allein unterscheidet ihn von anderen Wesen." So oder so ähnlich hat es schon Johann Wolfgang von Goethe beschrieben.

Man kann einwenden, dass auch Delphine und Primaten so etwas wie erste selbstreflektierende Bewusstseinsanteile zeigen, aber um edel oder böse zu sein, bedarf es hochentwickelter geistiger Fähigkeiten, die nur Menschen und ein paar Raben entwickelt haben.

Mein kleiner Snack, eine unerfahrene, kleine Blaumeise war köstlich. Ich fühlte mich vorübergehend gesättigt und begab mich, ungeachtet des immer noch schlafenden Katers, in meinem Stammbaum zur Ruhe. Essen und Denken ist anstrengend. Letzteres wissen natürlich nur die Wenigsten.

Viele ungebildete Menschen reden bei Müttern, die ihre Kinder vernachlässigen, von Rabenmüttern. Eine herabwürdigende, freche Schmähung unseres Geschlechts. Heinrich Heine, ein bedeutender deutscher Schriftsteller, verwendete den Begriff auf sein Vaterland: „Wir, ich meine Deutschland, die alte Rabenmutter." „Mit Deutschland hat er Recht", sagt Wilhelm.

Made in Germany

Meine Eltern, Agnes und Immanuel, waren sehr liebevolle und fürsorgliche Eltern. Die meisten Rabeneltern sind gute Eltern. Junge Raben sitzen lange im Nest, Wilhelm sagt dazu „Nesthocker". Wir liegen nackt und hilflos im Nest und könnten ohne die Fürsorge unserer Eltern nicht überleben. Mutter schützt uns vor der Witterung durch Hudern und Vater versorgt uns mit Nahrung. Aber da wir wie alle intelligenten Wesen neugierig sind, verlassen wir schon mal unser Heim bevor wir fliegen können. Das mag mach einem Beobachter etwas unbeholfen und tollpatschig vorkommen, ist es aber nicht. Im Übrigen werden wir auch am Boden von unseren Eltern umsorgt und beschützt.

Ich kann mich noch relativ gut an meine Geburt erinnern. Es war Ende Mai. Mit meinem kräftigen Schnabel brach ich die Eierschale auf und erblickte die Welt. Nicht sofort, ich musste mich schließlich erst einmal an die grelle Helligkeit gewöhnen. Ganz dunkel erinnere ich mich an das Knacken und Knistern als meine drei Geschwister, natürlich nach mir, ihre Eier aufbrachen. „Es ist doch etwas Schönes, Erhabenes um das Leben", rief ich. Kann auch sein, dass meine Mutter es bei meinem Anblick gerufen hat.

Unser Nest befand sich in einer sehr alten, knorrigen Eiche in der nahen Moorlandschaft. Die Nestmulde war kuschelig weich, ausgelegt mit Gras und Moos. Ich konnte von oben die ganze Landschaft überblicken. Deutlich und mit beinahe vollem Bewusstsein empfand ich ein bohrendes, schmerzliches Gefühl in der Magengegend, wobei es sich, wie ich später erfahren sollte, um Hunger handelte. Ich schrie und klagte jämmerlich, so dass mein gestresster Vater losflog und alsbald mit einem halben Apfel wiederkam. Meine Mutter war für das Heim verantwortlich, während sich mein Vater um meine Ernährung kümmerte, um die meiner Geschwister auch. Heute weiß ich, dass das Gehirn erhebliche Mengen der

Energie aus der Nahrung aufzehrt. Kein Wunder, dass ich ständig Hunger habe.

Ich lernte Wilhelm, meinen späteren Menschen und Lehrmeister, im zarten Alter von etwa drei Monaten kennen. Er befreite mich und einen Cousin, eine Elster, aus den Klauen seines Nachbarn Heino Kückelmann, genannt Heini. Dieser ungehobelte Mensch, ein Schlachter und Jäger, hatte mich und Giacomo, meinen Cousin in einem Drahtkasten gefangen. Ich bin nicht stolz darauf, so tölpelhaft in die Falle getapst zu sein, aber das verlockende Stück Fleisch, welches dieser Cretin als Köder ausgelegt hatte, blendete meinen Verstand.

Es war stockdunkel, als etwas in mein Verlies hineingriff, Giacomo packte und ihn in die Luft warf. Zitternd vor Angst und Wut und mit gehörigem Herzklopfen, dabei, wie ich heute zugeben muss, rüpelhaft kreischend und krächzend, hackte ich mit meinem spitzen Schnabel in das Ding, das mich erbarmungslos gepackt hatte. Dieses Ding, die Hand meines Retters, zog mich heraus, während die andere Hand meinen Kopf streichelte. Ich beschloss, mitzuspielen und verhielt mich ruhig. Contenance, dachte ich. Giacomo jedoch war zurückgekommen und hackte mit seinem Schnabel weiter auf die Hand unseres Retters ein, was ihm eine heftige Ohrfeige einbrachte. Wilhelm, der sich zu Recht falsch verstanden fühlte, schmiss meinen aufsässigen Vetter hinaus. Er flog zeternd davon.

Ursache und Wirkung, Schuld und Sühne – habe ich auch schon mal irgendwo gehört – schlechtes Benehmen und Strafe, ich hatte die moralische Lehre begriffen.

Das Schicksal meinte es gut mit mir, hatte es doch mich hierher katapultiert. Die Hand, leicht blutend von den Schnabelhieben, drückte mich in eine Schale mit köstlich duftenden und delikat aussehenden Leckereien. Es waren Weintrauben und Walnüsse. Instinktiv und begierig leerte ich den Napf. Satt und zufrieden begann ich mein Wohlgefallen zu äußern, indem ich ein kleines Lied anstimmte. Wilhelm nannte es knurren, aber er verstand mich trotzdem. Das Vermögen, meine Gefühle und mein inneres Wohlbehagen durch Töne und Gebärden, zu denen meine Schwingen in der Lage waren, zu äußern, war ein Segen, der nicht vielen zuteil war. Das Gekrächze, wie einige ignorante Menschen unseren Gesang nennen, ist aber vergleichbar mit deren Sprache, nur viel schöner und melodischer.

Ich merkte es erst kaum, aber tief in mir, am Grund meines Herzens - oder war es der Magen - begann etwas zu leuchten, rauschte und perlte wie ein Glas Bier. Es war dieser intuitive Hauch von Freude, eine neuartige Hoffnung, eine schöne Vorahnung auf ein neues Leben.

Enkelspielhaus

Das erste Domizil, das mein hochverehrter und geschätzter Meiste Wilhelm für mich bereitete, bestand aus einer Holzkiste, die mit einer heimeligen Wolldecke ausgeschlagen war. Die Kiste befand sich im so genannten Enkelspielhaus. Die Tatsache, dass Wilhelm und seine Gattin Luise noch gar keine Enkelkinder hatten, wohl aber schon ein Häuschen zum Spielen für die Kleinen, zeugte von seiner Weitsicht und Gewissenhaftigkeit. Nachts schloss er die Tür ab, was mich zwar meiner Freiheit beraubte, mich jedoch ebenso schützte vor Katzen, Mardern und anderen Mördern. Ich fühlte mich sicher und geborgen und die kleine Hütte wurde zu meiner Heimat. Heimat, Sitten und Gebräuche waren ein Schlüssel zu meiner Entwicklung zum Weltbürger.

Heino

Heino besuchte meinen Ziehvater Wilhelm, angeblich, um zu plaudern und vielleicht ein Bierchen zu trinken. "Sage mal, ich habe gehört, du hättest einen Raben", kam er gleich zur Sache. „Ja, tatsächlich ist mir eine Krähe zugeflogen, ein ausgesprochen gescheites und vorwitziges Tier, dem nur noch die höhere Bildung fehlt." Wilhelm wusste, dass Heino heimlich Fallen aufstellte, um Elstern als Lockvögel für die Jagd zu fangen. Dieser ahnte auch, dass Wilhelm, von dem er wusste, ein Krähenfreund zu sein, die Fallen geöffnet hatte, um seine Gefangenen zu befreien. „Woher hast du denn die Kratzer auf deiner rechten Hand?"

Wilhelm durchschaute die Gedanken seines langjährigen Freundes, der Heini trotz unterschiedlicher Meinung über Krähen durchaus war, und erklärte, eine Katze, die wahrscheinlich in böser Absicht auf einen Baum geklettert war, gerettet zu haben. „Dieses blöde, vogelmordende Vieh war nicht im Mindesten dankbar und hat mich gekratzt. Ich hätte es am liebsten aus Wut und als erzieherische Maßnahme in den Teich geworfen. Aber ich besann mich, denn mir war klar, dass Rachsucht kleinlich und meiner nicht würdig war."

„Du faselst", sprach Heini, „Krähen sind nicht schlau und du bist viel zu ungelenk und langsam, um auf einen Baum zu klettern. Außerdem weiß ich von deiner Abneigung gegenüber Katzen und dass du Hunden und den blöden Raben den Vorzug gibst."

„Noch ein Bier?", fragte Wilhelm grinsend. „Nein danke, wir essen gleich." Beide wussten natürlich Bescheid und beließen es dabei. "Viele Grüße an Sabine" rief Wilhelm zum Abschied.

Singe, wem Gesang gegeben
In der Systematik der Vögel sind wir Krähen Singvögel, genauso wie z.B. die spatzenhirnigen Sperlinge oder die kitschig bunten Meisen und auch, ich gebe es zu, die recht hübschen Dompfaffen. 1979 wurden wir Singvögel vom Europäischen Parlament unter Schutz gestellt, was natürlich nicht bedeutet, dass wir Krähen nicht hin und

wieder einen kleinen Vogel verspeisen dürfen. Denn mit Goethe könnten wir Raben vielleicht sagen: *„Es gibt nichts Schöneres auf Erden, als morgens eine Lerche zu hören und mittags eine zu essen."*

Das Krähen ist unsere Sprache, mit der wir uns mit anderen Krähen austauschen und unterhalten und mit der wir unsere sozialen Bindungen pflegen. Wir sind sogar in der Lage, Stimmen zu imitieren und unser Gesang ist ein akustisches Meisterwerk. Gerade meine sonore warme Stimme schwebt wie ein Geist über dem Moor. Mein Namenspatron Ludwig van Beethoven konnte zwar nicht singen, war aber zweifellos sehr musikalisch. Im Übrigen bevorzuge ich den Begriff „Rabe" für unsere Sippe, das Wort „Krähen" klingt abscheulich, wie krächzen, knarzen oder krachitzen.

Black is beautiful

Der geneigte Leser wird schon vermuten, dass ich nicht nur den Ohren, sondern auch den Augen einiges zu bieten habe. Ich bin ein Wunder von Schönheit und schwarz, rabenschwarz. Obwohl der Begriff „rabenschwarz" im allgemeinen Sprachgebrauch ein mentales Attribut für negative Eigenschaften darstellt, bin ich doch stolz darauf, schwarz zu sein. Mein schwarz ist so schwarz, als sei die Farbe vom Fürsten der Finsternis persönlich angerührt worden.

Neuerdings scheint der Begriff „People of Color" populär zu sein. Mein lieber Ludwig, du bist ein „BoC" (Bird of Color), schwarz und schön."

„Danke für die warmen Worte", erwiderte ich. Wie gesagt, ich bin schwarz und wunderschön, man sollte mich Adonis nennen. Mein Körper ist kräftig und beeindruckend und nicht nur beflügelt, sondern geradezu beflügelnd.

Wilhelm

Wilhelm, mein Mensch und Meister ist Rentner. Er ist kein Bundeskanzler, Kammersänger oder Geheimrat, noch nicht einmal Nobelpreisträger, sondern einfach nur Rentner. Er ist ein mittelgroßer, beleibter Mann, der mir unvergessen bleiben wird, da er der erste Mensch war, den meine Augen aus der Nähe erblickten. Mit seinen weißen Haaren, dem weißen Vollbart und den blauen Augen machte er einen ungemein sympathischen Eindruck, so dass ich mich beinahe schämte, ihn mit meinem spitzen Schnabel malträtiert zu haben. Wilhelm ist ein Gourmand und sein Verhältnis zum Bier beschreibt er als sehr freundschaftlich, die Jagd nach Ess- und Trinkbarem überlässt er jedoch seiner Frau Luise. Sie würde diese Betätigung, das Einkaufen, lieben, träfe sie doch immer viele Bekannte zum Tratsch. Luises Vorliebe für Gespräche mit Bekannten oder auch fremden Leuten sah er ihr nach, da er einerseits selbst viel zu faul zum Einkaufen war und andererseits den Anblick eines prall gefüllten Kühlschranks sowie ordentlich gestapelter Dosen mit Leckereien im Vorratsraum liebte. „Merke dir", sagte er einmal zu mir, „Die Kunst, gut zu leben, ist die größte aller Künste."

Nicht verhehlen will ich, dass Wilhelm denen, die ihn nicht kennen sowie denen, die er nicht kennt, zuweilen etwas mürrisch und arrogant vorkommt. „Übrigens halten auch mich einige Menschen für überheblich, aber seitdem ich nahezu perfekt bin, hält sich meine Arroganz in Grenzen. Außerdem interessiert mich das Geschwätz dieser Personen nicht," sagte er einmal zu mir. Ich überlegte und entgegnete, „Dein Desinteresse ist aber schon ein Ausdruck von Arroganz!"

Vorurteile und Integration

Ich habe mich nach lehrreichen Wochen der Eingewöhnung an meinen Meister angepasst. An der Befriedigung seiner alle zwei Stunden wiederkehrenden Hungerattacken nahm ich häufig teil. Sowohl körperlich als auch mental hatte ich nicht zu leiden, obwohl Luise mich manchmal mit Argwohn betrachtete. „Wilhelm, ist dir schon aufgefallen, dass wir in diesem Sommer sehr wenige Blaumeisen im Garten haben?!", bemerkte sie spitz und schielte zu mir herüber. Pah, ich drehte ihr den Rücken zu und hörte Wilhelm „Nö!" sagen. Obwohl es mir hier sehr gut ging, musste ich doch hin und wieder ganz Rabe sein. Neugierig, verspielt und manchmal mit alten Kumpels wie anderen Krähen, Wildschweinen und Wölfen abhängen und bei der Gelegenheit frisches Geflügel speisen.

Wir Raben und Krähen haben mit den Vorurteilen der Menschen zu kämpfen. Viele, nicht nur Rabenversteher wie Wilhelm, wissen, dass wir schön und schlau sind. Dennoch, wir haben einen schlechten Ruf. Das Verhältnis von Menschen und uns Rabenvögeln ist seit jeher zwiespältig. Auch in der modernen Zeit gibt es Schmarotzer wie z.B. Alfred Hitchcock, der sich unseren miserablen Ruf zunutze macht, indem er uns in seinem Film „Die Vögel" als mordende und bedrohliche Monster darstellt.

Die Tatsache, dass wir in vielen Legenden und Mythen auftauchen, dass es keine Hexe, die auf sich hielt, ohne Raben auskam und dass Gottvater Odin nicht auf Hugin und Munin verzichten konnte, beweist unsere einmalige Stellung. Selbst in der Bibel werden wir mit Bewunderung erwähnt. Immerhin war es ein Rabe, der in der Arche Noah ein- und ausflog und über den Fortschritt der Trocknung der Erde berichtete. Wilhelm meint zwar, dass in der Bibel viele Lügen verbreitet werden, mit dem Lob für uns Raben hat sie jedenfalls recht. Wilhelm sagt, wer keine Feinde hat, hat auch keinen Charakter.

In Bruchteilen von Sekunden entscheiden Menschen, ob jemand vertrauenswürdig, intelligent oder kriminell aussieht. Manchmal ordnen sie einen Menschen gar nach seinem Beruf ein. Das Leben von Mensch und Tier wird von

Vorurteilen geleitet. Dabei sind diese nicht harmlos – und fast unmöglich aus dem Bewusstsein zu löschen. Der Mensch ist, was unser Geschlecht angeht, ein kognitiver Idiot, aber das ändert sich allmählich.

Man nennt uns Totenvögel oder Galgenvögel, Mörder, Nesträuber, spricht von Rabeneltern im negative Sinne und hält uns für laut und geschwätzig. Letzteres, gebe ich zu, stimmt. Menschen, ob schwarz oder weiß, ob Illuminat oder Funzel, ob Frau, Mann oder Diverse, sind das natürlich auch.

Ja, an einem Vogelei oder einem kleinen Jungvogel kommen wir kaum vorbei, ohne dass uns das Wasser im Schnabel zusammenläuft. Sie schmecken einfach zu köstlich, diese saftigen, kleinen Biester. Das ist nun mal unser Wesen, wir dürfen das. Übrigens sind auch Marder und die niedlichen Eichhörnchen, Amseln, Rotschwänze und sogar Kohlmeisen Nesträuber. Während man dies den mörderischen Katzen, den „Samtpfötchen" nachsieht, werden wir übel beschimpft.

Als Galgenvogel waren wir verschrien, weil man uns Aasfresser auf Schlachtfeldern als Leichenfledderer beobachten konnte. Natürlich fressen wir auch Aas. Entweder wir finden es selbst oder lassen andere für uns arbeiten. Dass wir uns an frisch gestorbenen Schafen oder nach dem Wurf von Lämmern an der Plazenta der Mutterschafe laben, kann man uns ja wohl nicht vorwerfen. Zum Glück gibt es auch in unserer Region wieder ein

Wolfsrudel. Meine Kumpels und ich besuchen sie manchmal und sehen zu, wo sie Fleisch vergraben. Im Gegensatz zu uns Raben bemerken sie es zwar, ziehen aber keine Schlüsse daraus, diese Dumpfbacken. Naja, eigentlich sind es keine Dumpfbacken, sie sind sogar relativ schlau und von angenehmen Wesen, sonst würde ich mich nicht herablassen, mit ihnen zusammenzuarbeiten. Mit meiner angeborenen Scharfsinnigkeit und der Fähigkeit, sofort unerwartete Ähnlichkeiten zu entdecken, bemerkte ich deutliche Übereinstimmungen bei der Wahl der Nahrungsmittel, ein Thema, über das ich dringend mit Wilhelm reden muss.

Kindchenschema

„Sage mir Wilhelm, warum werden wir Raben nicht unserem Intellekt gemäß gewürdigt?" „Das liegt unter anderem daran, dass ihr Raben kein Kindchenschema besitzt. Die wesentlichen Merkmale des Kindchenschemas sind große Augen, hohe Stirn, runde Pausbacken und ein runder Kopf. Die dadurch ausgelösten Assoziationen mit „süß" und „niedlich" sind positiv besetzt und werden oftmals fälschlich von uns Menschen mit schlau gleichgesetzt. Kleine Hunde- oder Katzenbabys oder auch kleine flauschige Hühnerküken empfinden wir als niedlich. Was wir lieben muss also natürlich intelligent sein. Ihr Raben seht auch als Jungvögel ziemlich alt aus, tut mir leid."

„Ich muss doch sehr bitten, das ist empörend", echauffierte ich mich, muss aber zugeben, dass Wilhelm wohl recht hat.

Wir benötigen anspruchsvolle Kost, mit hohem Gehalt an Eiweißen und Kohlenhydraten. Um unsere Stoffwechseltemperatur von 42 Grad Celsius aufrecht zu erhalten, verbrennen wir pro Kilo Körpergewicht das Zehnfache des Menschen an Energie. Darum gehört es zu unserer ökologischen Strategie, flexibel zu sein und auf Veränderungen zu reagieren. Neue Nahrungsquellen zu erschließen, bedarf einer hohen Intelligenz. Langweilige Koalas, die ausschließlich Eukalytusblätter fressen, müssen nicht viel nachdenken, um an ihr Futter zu gelangen. Das ist zwar einfach, schränkt aber ihre Entwicklung ein.

Neulich habe ich meinen Kumpel Heiner beobachtet, wie er versuchte eine Made aus einem Loch eines Steines zu picken. Da er nicht herankam, knickte er einen Bambuszweig ab und bog diesen derart, dass er wie eine Angel fungierte. Das hätte ich Heinzi, wie ich ihn auch nannte, gar nicht zugetraut, zumal er auf einem Auge blind vor Liebe ist. Wahrscheinlich wäre ich auch auf diese Idee gekommen, aber ich mag keine Maden.

Ich habe es eigentlich gar nicht nötig, mit meinen Jungs auf Futtersuche zu gehen, aber hin und wieder macht es einfach Spaß, Schweine oder auch Bussarde zu übertölpeln. Mein Meister ließ mir bei meiner Erziehung und Nahrungssuche unbeschränkte Freiheit, sodass ich einige

Normen und Gepflogenheiten der menschlichen Gesellschaft adaptierte, jedoch mir meine Freiheiten nicht nehmen ließ. Ein gewisser Herr von Nazareth, Wilhelm nennt ihn Lattenjupp, soll vor langer Zeit gesagt haben „Wenn dich einer auf die linke Wange schlägt, dann halt ihm auch die andere hin." „So ein Blödsinn, mit mir nicht", sollte jemand verwegen genug sein, sich mit mir anzulegen, so mag er bedenken, dass er es mit einer geistreichen und mit einem kräftigen Schnabel versehen Krähe zu tun hat."

Seilschaften

So gern ich die Gespräche und Unterweisungen durch meinen Meister schätzte, so sehr genoss ich hin und wieder die Treffen mit meinen Kumpels und Freunden. Wir sind eben genau wie Menschen sehr gesellig und das ist durchaus positiv gemeint. Ich bin quasi ein Weltengänger. Als gebildeter, von Menschen geprägter Vogel, muss ich aufpassen, dass ich bei meinen Artgenossen nicht zu abgehoben wirke. Ich gab mich jovial und versuchte, eine gewisse Großzügigkeit und Gemütlichkeit auszustrahlen, offenbar mit Erfolg. Wenn ich mich unserem Stammbaum, der alten Eiche, näherte, wurde ich freudig und auch ziemlich laut begrüßt. Natürlich ganz besonders von den Damen. Formvollendet landete ich auf einem starken Ast. Der Anblick der mich freundlich begrüßenden Damen, aber auch das Gejohle meiner Kumpels ließ mich ausrufen: „Hier bin ich Rabe, hier darf ich's sein." Frei von allen gesellschaftlichen Konventionen konnte ich mich trotz meiner höheren Bildung ganz dem Rabenleben hingeben. Ich tratschte mit Heiner und Henri, spielte mit Wolli, Jochen und Manni und schäkerte mit meinen Lieblingsweibern.

Entgegen der landläufigen Meinung der Menschen erkennen und pflegen wir unsere Freundschaften. Für uns und speziell für mich sind soziale Kontakte und Allianzen sehr wichtig. Da ich nicht immer hier bin, muss ich genau beobachten, wer sich mit wem besonders anfreundet, ob es Animositäten gibt oder irgendwer versucht, mir meine Position als Premiumrabe streitig zu machen.

Wilhelm sagt, man müsse Freunde nicht suchen, man hat sie einfach.

Aber so einfach ist es eben nicht. Freundschaften, Beziehungen und Allianzen muss man pflegen. Wir tun dies zum Beispiel durch gegenseitiges Kraulen und Schnäbeln. Ich gebe zu, durch meinen Kontakt zu Wilhelm einen riesigen Vorteil zu haben. Weintrauben, Walnüsse, gekochte Eier mit Schale für unsere Knochen – wer hat schon diese Möglichkeiten.

Luftkampf

Bei einem meiner Ausflüge, ich wollte Heiko, den alten Keiler besuchen, sah ich auf der Wiese einen Artgenossen in einem Kampf auf Leben und Tod gegen einen übermächtigen Gegner. Er strampelte mit den Beinen und hackte auf den Krummschnabel, einen Mäusebussard, ein. Sofort ließ ich mehrere durchdringende Warnrufe ertönen, die allein schon geeignet waren, diesen mörderischen Bussard zu verscheuchen. Innerhalb weniger Minuten erschien unser Abwehrgeschwader, bestehend aus etwa 20 wütend schreienden Rabenkrähen. Nun hatte der Greif Todesangst und suchte schleunigst das Weite. Wir halten zusammen. Hin und wieder machen wir uns einen Spaß daraus, Bussarde oder Weihen, die hier häufig vorkamen, zu mobben. Biologen nennen es „Hassen". Es reichen meistens zwei von uns, um ihnen das Leben schwer zu machen. Wenn sie Beute im Schnabel trugen, ließen sie diese entnervt fallen und wir merkten uns den Aufschlagplatz. Wie bei Wölfen ließen wir sie für uns arbeiten und neben einem Heidenspaß belohnten wir uns obendrein mit einer kleinen Maus. Während der Brutzeit besetzen wir normalerweise Reviere, die auch gegen Eindringlinge verteidigt werden. Weihen und Bussarde gehören zwar nicht zu den Nesträubern, wir dulden sie trotzdem nicht in der Nähe unserer Nester. Ich habe dieses Problem nicht, da ich noch keinen Partner zum Nestbau habe und weil ich bei Wilhelm geschützt lebe. Aber natürlich bin ich solidarisch und stolz auf unsere Flugabwehr.

Günter und Mechthild

Nach diesem spannenden Vorfall hatte ich keine Lust mehr auf Heiko und begab mich nach Hause. Dort waren Günter und Mechthild zum Doppelkopfspiel eingetroffen. Günter, genannt Lupo, und Wilhelm waren schon lange Jahre befreundet. Sie kannten sich beruflich, hielten sich beide für illuminiert und glaubten beide, begnadete Kartenspieler zu sein. Bei der Regelauslegung waren beide äußerst kreativ. Oft, wenn die beiden sich unterhielten und sich beweihräucherten, schüttelte Luise nur den Kopf und Mechthild warf Lupo kognitive Dissonanz vor. Während des Kartenspiels, aber auch wenn andere Besucher, die ich im Laufe der Zeit fast alle kennen- und schätzen gelernt habe, musste ich mich zügeln und mich mit wohlgemeinten und intelligenten Bemerkungen zurückhalten. Auch von den auf dem Tisch dargereichten Leckereien, sei es ein vorzüglich duftender Braten oder auch nur süße Schokolade oder Königsberger Marzipan, musste ich mich fernhalten. Diskriminierend und würdelos!

Trotz meiner kultivierten Manieren ist es mir, einem hoffnungsvollen Krähenjüngling, wahrscheinlich mangels innerer geistiger Kraft, nicht gelungen, dem Gelüst zu widerstehen, Kekse vom Tisch zu naschen. Dass ich dabei, ungestüm und mit jugendlichem Elan, einige mit Wein und Bier gefüllte Gläser zerstörte, war in meinen Augen ein hinzunehmender Kollateralschaden. Ich nehme an, es war das erschrockene Gekreische der Damen, dass mein

Meister die Contenance verlor. Er stürzte wutentbrannt mit einem grimmigen Gesichtsausdruck auf mich und schrie „Bestie, Rabenvieh, raus mit dir." Dabei schlug er mit einem Geschirrhandtuch nach mir. „Rabenvieh", das war zuviel. Skandalös, Scandalissimus! Davongeflogen wäre ich, hätte mich nicht der mir angeborene Hang zur höheren Kultur an Wilhelm festgebunden. „Nicht diese Töne!" Verstimmt entfernte ich mich. Leider wurden dem wachen Geist manche Hindernisse in den Weg gelegt, die mich aber nicht davon abhielten, der Vollkommenheit entgegen zu eilen. Es brach bereits die Abenddämmerung ein, sodass ich, mich meinen Gedanken hingebend einschlief.

Elise

Ich erwachte frühmorgens, meine Brust durchströmte ein unbekanntes, brennendes, Lust verkündendes Gefühl. Es war ein intuitiver Hauch von Freude, eine schöne Vorahnung und nicht der mir wohlbekannte morgendliche Heißhunger. Ich glaubte, von einem entzückenden Rabenweib geträumt zu haben. Mich trieb es hinaus zu meinen Brüdern – und Schwestern. Als ich, von den Strahlen der Sonne gewärmt auf der naheliegenden Wiese lustwandelte, vernahm ich ein leises, liebliches Säuseln. Die verlockenden, sanften Töne entsprangen tatsächlich dem Schnabel eines wunderschönen Krähenweibes. Ein einziger Blick des himmlischen Auges dieses stillen Weibchens auf der Wiese ist mehr wert als ein Meisenfrikassee mit Walnüssen. Mein Hals schnürte sich mit unwiderstehlicher

Gewalt zu und ich konnte nur ein unangebrachtes „Guten Morgen" stammeln. Trotz meines musikalischen Talents gelang es mir nicht, eines meiner gefühlvollen Lieder anzustimmen. Ich, der gebildete, musikalische, mit höherer Kultur befleckte Rabe stammelte nur ein überaus peinliches „Man sieht sich" und flog davon.

Mir, einem privilegierten Raben von herrlichstem Wuchs, mit schwarzglänzendem Federkleid und anderen äußeren Reizen, dazu mein anmutiges Wesen und dem Talent der geselligen Unterhaltung, fällt nichts Besseres ein als ein dämliches „Man sieht sich."

Tief getroffen flog ich zurück zu Wilhelm. Sein inakzeptables, unangemessenes Verhalten des Abends zuvor verblasste angesichts der Schmach, die mir mit der Holden widerfuhr. Der Meister verzehrte gerade sein Frühstück – Rührei mit Schinken – und war bestens gelaunt. „Ludwig, mein Guter", begrüßte er mich. Scheinbar hatte er seinen skandalösen Wutausbruch schon vergessen. Ich beschloss, ihn nicht zur Rede zu stellen, schließlich bin ich nicht nachtragend, und erzählte von meinem Missgeschick. Er hörte aufmerksam, dabei sein Rührei verzehrend und manchmal in sich hineinkichernd, zu. Zufrieden schob er den leeren Teller von sich, tupfte mit der Serviette imaginäre Flecken aus seinem Gesicht und hob an zu reden: „Armer Ludwig, ein kluger Mann hat einmal gesagt: „Für den ersten Eindruck gibt es keine zweite Chance!" und er hat recht. Aber wer sagt denn, dass du keinen guten Eindruck auf die Dame gemacht hast. Frauen, egal ob Mensch oder Krähe mögen keine lauten, protzenden Typen, sondern sie fühlen sich geschmeichelt von zurückhaltenden, vielleicht auch etwas tapsigen Annäherungsversuchen. Lass dich hin und wieder mal sehen in der Kolonie und halt dich fern von ihr, heuchle Desinteresse, auch wenn es Dir schwerfällt."

Ich war hinlänglich beruhigt. Natürlich, warum sollte ausgerechnet ich, eine bescheidene Krähe von Welt, einen schlechten Eindruck hinterlassen haben. „Vielleicht sollte ich für Elise ein Rondo komponieren oder etwas Liebeslyrik verfassen", schlug ich vor. „Quatsch, du bist nicht Goethe, Brentano oder Beethoven, sondern eine Krähe, also verhalte dich so" erwiderte Wilhelm sehr bestimmt. „Du solltest dich übrigens, unabhängig von deiner neuen Angebeteten, mehr um soziale Kontakte in deiner Gruppe kümmern, baue Netzwerke und Seilschaften auf. Bedenke, dass dein Ruf durch deine Zuwendung zu uns Menschen als arrogant und abgehoben wirken kann. Nicht nur du, auch deine Artgenossen sind ziemlich schlau und können Beziehungen einschätzen. Nimm dir ein paar Nüsse mit, tue so, als ob du sie an der Ampel im Dorf von Autos hast knacken lassen und verteile sie mit wichtiger Mine an einige „Unterhäuptlinge."

Hein B.

Es klingelte an der Tür. „Ach du Schei ..., äh, ach du grüne Neune", entfuhr es Wilhelm. „Luise, geh du, das ist Hein B. Ich bin nicht zuhause." Die Gute verdrehte die Augen, „immer ich, außerdem heißt er Robert."

Robert Mehlmann, manchmal auch genannt „Hein B., war ein einzelgängerischer Nachbar, freundlich und immer hilfsbereit. Den Namen „Hein B." hatte ihm Julius, der Sohn von Luise und Wilhelm, verpasst. Zu blöd, dass er nicht erklärt hatte, wofür das „B" stand, vermutlich für „Blaumann". Wenn Hein irgendetwas vermeintlich Neues gehört hatte, z.B. den geänderten Termin einer Müllentleerung, lief er nicht nur zur Höchstform auf, sondern auch zu den Nachbarn, wo er diesen mit einer extrem lauten, knarrenden Stimme Neuheiten zu verkünden glaubte, die diese bereits kannten. Hein war grundsätzlich, ob beim Rasenmähen oder beim Arztbesuch, mit einem Blaumann bekleidet.

„Iaaa", krähte Hein und klang dabei wie ein Esel mit Zahnschmerzen, „ich wollte nur Bescheid sagen", dabei wedelte er mit einem Pamphlet der Dorfgemeinschaft herum. „Du hättest doch nur den Zettel in den Briefkasten stecken können", erwiderte Luise. „Jaaa, aber ich dachte, ich sage Bescheid. Steht alles drauf, wir grillen und dies und das. Wir wollen auch Fahrradfahren und so und es wäre schön, wenn viele mitkommen." „Aha danke!"

„Bitte" „Wissen Gerhard und Resi schon Bescheid, geh mal schnell rüber, die freuen sich."

Rudolf

Wunderbar, dachte ich, dann gehe ich solange mit Rudolf spielen. Rudolf war eine riesige, gutmütige Bordeaux Dogge. Wilhelm nannte sie Hamburger Dogge, schließlich hätten die Franzecken, wie er die Franzosen nannte, aus der Deutschen Dogge eine Dänische Dogge, the „Great Dane" gemacht. Rudolf hatte einen wunderschönen, manchmal etwas einfältigen Gesichtsausdruck, aber wehe, er war schlecht gelaunt oder gar wütend. Wenn er die Zähne fletschte und dazu knurrte, konnte man meinen, ein Dämon sei der Unterwelt entstiegen. Schon als Welpe hatte er schnell gelernt, dass Haus und Garten der Familie Wittlich ihm unterstanden, es war sein Revier ohne Wenn und Aber. Das Grundstück war sauber. Kein Igel oder Maulwurf, kein Hund und noch viel weniger eine Katze war lebensmüde genug, dies nicht zu respektieren. Mich mochte Rudolf, wie auch ich große Hunde liebte. Sie erinnern mich immer an meine Freunde die Wölfe, mit denen ich gern zusammenarbeite. Aber, was sich liebt, das neckt sich. Möpse, Chihuahuas und Meerschweinchen verachtete ich als kraftlose, verweichlichte Schmarotzer ohne Courage.

Mein musikalisches Talent, gepaart mit meiner Fähigkeit, Geräusche zu imitieren, nutzte ich manchmal, um Rudolf zu narren. Er mochte keine Fahrräder und deren Lenker.

Immer wenn welche vorbeikamen, meistens adipöse Frauen, die zum Sportstudio „Fit trotz Fett" oder so ähnlich radelten, stürzte er zur Hecke und brüllte und wütete derart, dass schon so manch eine bei einem Ausweichschlenker gestürzt war. „Solange die nicht mein Auto zerkratzen oder Zweige meiner Ahorne abknicken, ist es mir egal", meinte Wilhelm immer mit einem höhnischen Grinsen.

Hein B. war mittlerweile im Gespräch mit Resi Wittlich. Resi, eine liebenswerte ehemalige Grundschullehrerin war durch nichts zu erschüttern. Wer mit Erstklässlern umgehen kann, hat auch mit Hein keine Probleme. Rudolf jedoch war genervt. Erst hatte das Gekrähe von Hein seine Ruhe gestört und jetzt fuhr ein unsichtbares Fahrrad mit einer rasselnden Kette hin und her. Er war außer sich, nach 30 Minuten legte er sich erschöpft an seinen Napf, wo er mit letzter Kraft einen Schluck Wasser zu sich nahm. Rudi Ratlos seufzte, er war quasi auf den Hund gekommen, erholte sich jedoch schnell, nachdem Hein B. und auch dieses unsichtbare Fahrrad verschwunden waren.

Ich unternahm am späten Nachmittag noch einen kleinen Aufklärungsflug. Zunächst besuchte ich meine Freunde, die Wölfe. Soziale Kontakte sind schließlich wichtig und Freundschaften sollte man pflegen. Ich spielte eine halbe Stunde mit ihnen und auf dem Rückflug entschied ich mich spontan, Heiko, den alten Keiler zu besuchen. Er war nirgendwo zu sehen, stattdessen sah ich eine Bache mit sechs Frischlingen im Maisfeld. Bei all meinem Mut und meiner Tollkühnheit vermied ich eine Landung, denn ich hatte Respekt vor den weiblichen Furien. Ich flog zurück und ließ den Tag mit einem leckeren Abendbrot ausklingen.

Grillen mit Nachbarn

Wilhelm, Luise und Sohn Julius waren mit ihren Nachbarn sehr zufrieden, einige waren nicht nur Nachbarn, sondern Freunde. Gegenüber lebten Resi und Gerhard. Gerhard, ein pensionierter Mathematiklehrer, war ein äußerst freundlicher, humorvoller und zurückhaltender Mensch. Mit seinem üppigen Schnurrbart erinnerte er ein wenig an Antje, das Walross und Maskottchen des NDR, natürlich ohne zu prusten und schnaufen. Resi und er kümmerten sich liebevoll um ihre Kinder, ihre Enkelkinder und um ihren Chef: Rudolf! Daneben wohnten Anton und Beton. Anton hieß tatsächlich Anton, er kam in jungen Jahren aus Österreich in die norddeutsche Tiefebene, wo er sich in Erika, genannt Beton, verliebte und sie heiratete. Anton hatte ein Wäscherei-Imperium aufgebaut, so dass die Nachbarn ruhig einmal kleckern durften. Auf der anderen Seite wohnten Ilse und Bernhard, daneben Sabine Grigoleit - Kückelmann und der Schlachter Heino. Alle waren etwa gleichen Alters, bis auf Heino. Dieser war etwas jünger, sah aber deutlich älter aus und strafte das alte chinesische Sprichwort „Man ist so alt wie man aussieht" Lügen. Die

Gravitation hatte das Gesicht absacken lassen und auf dem Kopf glich er einem Mönch mit einer ausgeprägten Tonsur. Böse Zungen meinten, er hätte ein wenig Ähnlichkeit mit Opa Statler aus der Muppet Show.

Bei einem gemeinsamen Grillen bei uns zuhause, da ich zur Familie gehöre, darf ich „uns" sagen, habe ich den Freundeskreis der Nachbarn kennen- und schätzen gelernt. Wie immer glänzte ich mit Witz und Humor und erheiterte die erstaunte Runde. Mein Vorschlag, mit dem vollen Reichtum meiner Stimme ein Lied zu intonieren, wurde allerdings barsch abgelehnt. Ich meine sogar, gehört zu haben, wie Heini, dieser Barbar so etwas wie „bloß nicht" und „macht's wie mit dem Barden Troubadix und bindet ihn", von sich gab. Eine Schmähung, die ich nicht verdient habe, ist doch meine Stimme etwas höchst Wunderbares, deren Geheimnis allerdings von den meisten Menschen nicht erkennbar ist. Trotz großen Appetits – „Heinos Zipfelchen", winzig kleine Würstchen sahen wirklich lecker aus - verlangte mein Stolz, ohne mich zu verabschieden, die Kunstbanausen zu verlassen. Ich flog zu den drei großen Eichen, wo sich meine Kameraden zum Schlafen eingefunden hatten. Der kühle, fast schon herbstlich anmutende Wind sowie die Chance, die holde Elise zu erspähen, hatten meine Wut über die Barbarengesellschaft vergessen lassen. Ich umkreiste kunstvoll die Bäume, grüßte diesen und jenen mit freundlichem Getue und spähte, ohne es mir anmerken zu lassen, nach Elise. Sie war nicht zu sehen, versteckte sie sich?! Egal, mit der mir eigenen Eleganz flog ich durch die mausgraue Spätsommerluft nach Hause. Die Banausen saßen immer noch fröhlich zusammen, die Stimmung schien ausgelassen, die Augen der Herren schimmerten verkniffen und die Damen unterhielten sich angeregt über Kinder oder Enkelkinder sowie über die komplizierte Fußfraktur von Ilse, die sie sich beim Stolpern über eine Wäscheklammer zugezogen hatte. Ludwig wusste, wenn zwei oder mehr Frauen zusammenkamen, waren meistens Kinder Gesprächsstoff, aber heute bedauerte man die Missgeschicke der Nachbarn. So hatte sich Anton beim Pflaumenpflücken fast den Ringfinger amputiert, was Heini zu einer unqualifizierten Bemerkung veranlasst hatte.

Beton sah mich als Erste. Prompt klatschte sie rhythmisch die Hände und skandierte „Troubadix, Troubadix", alle anderen fielen in den Chor ein, wobei Beton sich mit vor Lachen rotem Kopf auf die Schenkel klopfte. Ich war kurz davor, sie oder Heini an meiner Verdauung teilhaben zu lassen, besann mich jedoch meiner edlen Gesinnung sowie der vorzüglichen Erziehung.

Ganz oder gar nicht oder der Bedürfnisaufschub
Ich drehte noch eine Erkundungsrunde in der Nachbarschaft, denn ich hatte mehrmals ein Amselweib in der Fichtenhecke verschwinden sehen und ich wusste, dass einige von den anderen mich beobachteten. Sabbelstrippe

Käthe, der dicke Wollibald und der einäugige Heiner saßen in der Weide bei Heino und taten so, als würden sie sich angeregt unterhalten, sie verhielten sich auffällig unauffällig. Ich landete und begab mich schnurstracks per pedes ungesehen zurück. Mit meiner List hatten sie nicht gerechnet. Im Nest lagen vier appetitliche blaugrüne Eier. Vier Probleme. Ich wusste von Wilhelm, dass er, wenn er ein Stück Schokolade nascht, sich nicht zurückhalten kann und die ganze Tafel aufisst. Ich fürchtete, dass es mir mit den Eiern ähnlich ergehen könnte. Einerseits sind vier junge frische Amseln besser als diese kleinen Häppchen, wog ich ab. Andererseits könnten sie von den anderen oder auch von Katzen entdeckt werden, dann hätte ich nichts. Der Bauch hat seine Gründe, die der Verstand nicht kennt. Bevor ich mein Problem genau analysieren und zu Ende denken konnte, waren die Eier genau in diesem gelandet. Vorzüglich!

Nörgler könnten einwenden, wir Krähen hätten keine Selbstkontrolle und nicht die Bereitschaft zum Bedürfnisaufschub. Hätte ich die Gewissheit gehabt, später die Kleinen vernaschen zu können, hätte ich mich natürlich zurückgehalten.

Verliebt

Eine gewisse Schwermut, wie sie oft junge, erhabene und romantische Raben befällt, die sich selbst und der Welt ihren Genius beweisen müssen, überfiel mich am nächsten Morgen. Das unbefriedigende erste Rendezvous mit Elise sowie das unmögliche Verhalten der Grillgesellschaft hatten meine Stimmung getrübt. Gewöhnliche Artgenossen hätten bei meiner Taktik der Zurückhaltung Bauchschmerzen bekommen oder wären ein Fall für die Psychiatrie, schließlich war die Konkurrenz immens. Ich jedoch bin wahrlich kein Erotomane, aber die absolute Gewissheit meiner Einzigartigkeit und meine geradezu himmlische Anziehungskraft auf die Damenwelt beruhigte mich sehr. Auf, auf, dachte ich mir. Ich flog vorbei an den herbstlich belaubten Eichen zur Hamme, einem träge dahinfließenden Moorflüsschen, wo ich formvollendet landete und am von Birken umsäumten Ufer dem leise murmelnden Plätschern, das meinen Namensvetter Ludwig zum zweiten Satz seiner Pastorale inspiriert haben könnte, lauschte. Ich stolzierte, über philosophische Themen sinnierend, hin und her, als ich sie aus den Augenwinkeln sehend einige Meter neben mir landen sah. Ich tat, als sähe ich sie nicht und pfiff ein Liedchen. In devoter Haltung kam sie zu mir getippelt und flötete „Hallo". „Hallo, ach du bist es nur", erwiderte ich, gleichzeitig ärgerte mich über das „nur", ich wollte nicht übertreiben und sie verschrecken. „Ich freue mich, dich mal wieder zu sehen, du siehst relativ gut aus", drosch ich banale Phrasen. Ich bediente sie galanter Sitte gemäß mit gesüßten Pfirsichstückchen, die ich zuhause requiriert hatte. In meiner Brust ging das wunderbare Geheimnis der Liebe auf und machte mich zu einem stammelnden Trottel. Elise merkte es nicht, sie sah mich hold lächelnd an und zwitscherte „Wann sehen wir uns wieder?" Na also, geht doch, dachte ich. Obwohl innerlich aufgewühlt, blieb ich nach außen – meine schwarzen Federn überdeckten die peinliche Röte – kühl und gelassen. „Ich melde mich."

Veränderungen oder Auszug der Chaoten

Nebenan zogen Goofy - den richtigen Namen kannte ich nicht - und seine Familie aus. Goofy war offensichtlich lungenkrank und röchelte bedenklich. Wenn seine ständig lächelnde, geisteskranke Frau, Wilhelm nannte sie Mona Lisa, ihn übel beschimpfte, reagierte er mit lautem Lachen, so dass er am Ende kaum noch Luft bekam. Die beiden halbwüchsigen Söhnte litten keineswegs an Tourette, fielen aber ebenso mit unflätigen Beleidigungen und übler Fäkalsprache auf.

So harmlos und für uns belustigend die Pöbelei auch war, so beunruhigte uns die pyromanische Ader einer der Söhne, der ständig im umgebenden Wald zündelte. Nicht auszudenken, wenn so ein schwer zu löschender Moorbrand unter der Erde kokelt und die große Eiche meiner Sippe erreicht. Abgesehen von meiner Eiche wären auch die Wohnhäuser meiner menschlichen Freund betroffen.

Erfreulicherweise zog der Großteil der Familie in einen anderen Ort, einer der Söhne zog ins Gefängnis und Mona Lisa zog in ein Heim für psychisch Kranke. Wir waren sie los.

Bernhard

„Miegendicht!", Bernhard war stolz auf sein Werk. Wilhelm hatte ihn gebeten, ein Vogelhaus für mich und möglicherweise eine Partnerin zu zimmern. Obwohl die Ahorne im Garten noch ihre prächtige, spektakuläre Herbstfärbung in abenteuerlichen Rot- und Gelbtönen zeigten und die Spinnennetze in der Herbstsonne glänzten, kündigte sich der Winter bereits an. Die Tage wurden allmählich kürzer und kälter und die Luft war durch Regen und Nebel nach den heißen, schwülen Tagen eine Wohltat. Bernhard Gieschling war einer der befreundeten Nachbarn, ein kräftiger, ca. 70-jähriger Mann mit Bauch und etwa 130 kg Lebendgewicht. Mit seinem runden Kopf und der aufrecht stehenden Haartolle auf der Glatze sah er aus wie eine Kreuzung aus Heinz Erhardt und Stan Laurel. Dass er in seinen jungen Jahren ein sehr guter Fußballspieler bei dem kleinen, aber sehr erfolgreichen SV Bornreihe, den Moorteufeln, war, sah man ihm nicht an. Bernhard reponsierte, wie er es nannte, gern. Alles Erlebte, von dem er meinte, noch nicht erzählt zu haben, gab er en detail zum Besten. Dazu gehörten Kontakte, Besuche, Speisen, die er eingenommen hatte und natürlich eine detaillierte Beschreibung seiner Arbeit. Wilhelm machte sich manchmal einen Scherz, indem er eine ungeheuerliche Aussage a'la „Übrigens, dein Haus brennt gerade ab", von sich gab. Bernhard stutzte dann kurz, meinte „Ach so" und fuhr unbeeindruckt fort. Wilhelm hatte analog zum Verb „reponsieren", welches es natürlich nicht gibt, das

„Präponsieren" erfunden, mit dem er Dinge ankündigte, die in der Zukunft lagen.

Bernhard war zu Recht stolz auf seine Arbeit. Das Häuschen sah gut aus, war blick- und zugluftdicht und konnte auf einem Pfahl, der mit Draht gegen Katzen und anderes Raubzeug wie Marder und Frettchen bewehrt war, angebracht werden. Ich, der zukünftige Bewohner dankte Bernhard, indem ich Wilhelm unnötigerweise aufforderte, dem Baumeister ein Bier anzubieten. Wilhelm und Bernhard tranken jeder drei „Säftchen". „Mein Häuschen braucht einen Namen, vielleicht „Wolfsschanze" oder „Adlerhorst", schlug ich vor. „Nein, ich lasse ein Messingschild mit dem Namen „Walhalla" fertigen. Gefällt dir das?" „Ja, ich glaube, das klingt angemessen." „Nein, ich hab's: „Villa Meisenschreck." „Oh ja, das ist noch besser, sehr gut!"

Heinz Erbsacker

Am späten Nachmittag läutete die Türglocke. Ich bin zwar nicht neugierig, wollte jedoch stets informiert sein, daher flog ich in die Birke vor dem Haus. Die Birke war der einzige Baum auf dem Grundstück, der kein Ahorn war. Wilhelm öffnete und sagte erstaunt und mürrisch „Was willst du denn hier, du Armleuchter?" „Deine blöde Krähe hat zwei meiner kleinen Küken ermordet, du musst das Vieh einsperren", polterte der debile Idiot los. Es handelte sich um Heinz Erbsacker, den Wilhelm nicht ausstehen konnte. Er war nach der Definition von Wilhelm eine Funzel. Wilhelm verlieh seiner Stimme seinen arrogantesten Tonfall. „Ich besitze keine Krähe, allerdings besucht mich relativ oft Ludwig. Ludwig ist in der Tat eine Krähe und kein Vieh. Ludwig ist auch nicht blöd. Das von einer Person oder von einem Tier zu behaupten, die oder das man nicht kennt, spricht für Ignoranz und Dummheit. Passt übrigens zu deinem derzeitigen Gesichtsausdruck!"

„Werde bloß nicht frech, ich habe das Vieh genau erkannt", stammelte er. „Es gibt viele Krähen in der Umgebung. Wie kommst du ausgerechnet auf meinen Freund Ludwig. Im Übrigen mordet Ludwig nicht, sondern er erlegt seine Beute." Heinz lief vor Zorn rot an im Gesicht und schnaubte nur noch „Du spinnst!"
Wilhelm schwenkte abwertend seine rechte Hand hin und her und sagte, „Du kannst dich entfernen."
„Wunderbar, gut gemacht", rief ich Wilhelm zu. Die Küken waren tatsächlich zart und delikat, dachte ich, hütete aber meine Zunge.
„Höre Ludwig, unsere Sprache gibt und die Möglichkeit, einen polternden Schrat wie Erbsacker mit gut vorgetragenen Argumenten in die Schranken zu weisen. Ganz ohne Gewalt."
„Denke immer daran, dass die schlichte Dummheit des einfach strukturierten Menschen Mitleid erfordert.

Übrigens, mein Lieber, ist es auch eine Form der Dummheit, sich für intelligent zu halten."

„Wie meinst du das?!"

Zweierlei Maß

Mit meinem Vermögen, erkenntnistheoretisches Probleme zu durchdenken, bin ich auf gewisse Gemeinsamkeiten bei der Gewinnung von Nahrungs- und Futtermitteln gekommen. Kurz vor dem Abendessen habe ich Wilhelm angesprochen. „Wilhelm, wir sind bei euch als Galgenvögel, Aasfresser und Mörder verschrien, aber seid ihr besser?!"

Er guckte verdutzt, „Wie meinst du das?"

Ich redete mich in Rage, „Wo ist der Unterschied zwischen einer toten Taube, die ihr dann Aas nennt einerseits und zwischen einem Steak oder Filet in der Schlachtertheke andererseits. Deine Luise und auch andere werfen uns vor, kleine Vögel zu fressen. Ihr aber züchtet massenhaft Vögel, Schweine und Rinder und andere Kreaturen. Die Meise, die ich fresse, hatte bis zu ihrem ehrenvollen Tod wahrscheinlich ein angenehmes Leben. Die Vögel, die ihr esst, müssen sich während ihrer Gefangenschaft quälen, wenn sie nicht vorher als Küken barbarisch geschreddert werden." Ich glaube, ich hatte einen hochroten Kopf, denn Wilhelm bot mir ein Weizenbier an. „Trinke erstmal und entspann dich, bevor du einen Herzanfall erleidest." Das tat gut, denn ich hatte eine trockene Kehle und konnte im Moment nicht reden.

„Ich weiß, worauf du hinauswillst und du hast sogar recht. Aber erstmal möchte ich klarstellen, dass tot nicht gleich Aas bedeutet. Ein Tier wird dann Aas genannt, wenn die Verwesung einsetzt, wir Menschen lassen es soweit nicht kommen, höchstens genießen wir Fleisch gut abgehangen oder haut goût. Man kann es auch desinfizieren durch Kochen, oder Einlegen z.B. in Essig oder Wein, aber ich mag es auch lieber frisch."

„Eure Eier kommen aus der Hühnerhölle, aus eigentlich verbotenen Legebatterien und eure Puten aus dem „Putenknast" sind mit Antibiotika verseucht. Meine Geflügelgerichte hingegen stammen aus ökologischer Freilandhaltung. Erzähl das ruhig mal Luise. Bei der Gelegenheit frage ich mich, warum deine Gattin die kleinen Vögel ganzjährig mit hochwertigem Futter mästet, aber uns wertvollen Krähen nichts gönnt." „Alles richtig, Ludwig, es muss sich einiges im Bewusstsein von uns Menschen ändern. Dass wir Tiere essen, finde ich legitim, schließlich stehen wir in der Hierarchie über euch, aber die Tierhaltung muss unbedingt, wenn schon nicht artgerecht, wenigstens ohne Tierquälerei stattfinden. Ich habe in letzter Zeit mehrfach Reportagen über die brutale Haltung von Schweinen und Rindern gesehen und ich gestehe, dass wir uns gegenüber fühlenden Wesen skrupellos und absolut verachtend verhalten. Übrigens würde ich, Luise weniger, gern euch Raben füttern, aber ich habe Angst, Ratten anzulocken."

„Ja, das leuchtet mir ein, ich bin ja verständig."

Ausländer

Aufmerksamen Beobachtern wie mir ist es selbstverständlich nicht entgangen, dass sich immer mehr Fremde in der Gegend, speziell in der Teufelsmoorniederung, aber auch im heimischen Garten, rumlümmeln. Dabei erregen die langbeinigen Schreihälse, die Kraniche derart viel Aufmerksamkeit, dass sogar Besucher zum Fotografieren kommen. Unverständlich, sind doch wir nicht nur fotogen, sondern auch ganzjährig verfügbar. Auch Nonnengänse, Bergfinken, Wacholderdrosseln und Ringelgänse machen sich in unseren Wiesen breit. Ich sprach Wilhelm an und bat um Aufklärung. „Mein lieber Ludwig, das ist kein Grund, sich aufzuregen. Genau wie unsere Zugvögel, wie etwa Störche oder Schwalben, in den Süden fliegen, überwintern die Neuankömmlinge ebenfalls im Süden. Für sie ist unser Norden der Süden." Hier ist es sicher und das Nahrungsangebot ist so groß, dass euch keiner etwas wegnimmt. Also bleib locker und bedenke, dass sie wieder verschwinden.

Unsere Erde ist aufgeteilt in Ausland und Deutschland. Im Ausland leben vorwiegend Ausländer, in Deutschland vorwiegend Deutsche. Noch! Die Deutschen in Deutschland sind immens wichtig, denn wer sollte sonst arbeiten, unseren Wohlstand sichern und die Probleme der Welt mit Geld lösen.

Die Deutschen sind in vielen anderen Ländern sehr beliebt. Nicht etwa wegen ihrer freundlichen Art oder ihres Humors, nein sie gelten als ausgesprochen freigiebig und generös. Wohnung, Nahrung, medizinische Versorgung, Taxi – alles kostenlos! Obwohl Deutschland winzig klein ist, kommen immer mehr Ausländer von überall hierher. Die sind richtig clever. Sie schmeißen ihre Pässe weg und sagen „Nix verstehen." Sie verlangen eine Wohnung, besser ein Haus in guter Lage und ein Auto der gehobenen Klasse, aber auf keinen Fall Arbeit. Die Deutschen sagen „Selbstverständlich, aber seid nicht zu bescheiden. Natürlich steht euch auch eine deutsche Putzfrau zu. Und macht euch keine Sorgen, unsere Gesetze und Regeln des gesellschaftlichen Lebens gelten natürlich nicht für euch. Manche Minderheiten drängen sich so penetrant als unterdrückte Minderheiten in den Vordergrund, dass wir alten, weißen Männer uns als Angehörige der Mehrheit politisch korrekt über unser Ausgrenzungsverhalten schämen müssten. Stell dir mal vor, wir würden irgendwo im Nahen Osten Kirchen bauen und lautstark zum Gebet rufen wollen. Wir würden sofort des Landes verwiesen, mit etwas Glück sogar lebendig.

Wir leben in einer sogenannten bunten Gesellschaft, aber wenn bunt heißt, sich zum Beispiel im Bremer Hauptbahnhof durch Dreck, Obdachlose, Drogensüchtige und Kriminelle lavieren zu müssen, mag ich es lieber schwarz. Natürlich sind auch Deutsche beteiligt. Ich habe ein wenig übertrieben, Ludwig, aber da du verständig bist, weiß du, was ich meine.

Wie du weißt, lieber Ludwig, kenne ich viele Ausländer. Die meisten sind freundlich, aufgeschlossen, haben Arbeit und zahlen Steuern. Ohne sie könnten wir wahrscheinlich unseren Wohlstand nicht aufrechterhalten."

„Na gut, trotzdem bin ich ganz froh, wenn diese langbeinigen Kranunkeln oder wie sie heißen, wieder in ihren eigenen Norden ziehen. „Sie heißen Kraniche und sind sehr hübsch." „Pah, sie sehen aus wie höhergelegte Enten." „Enten sind auch hübsch, außerdem schmecken sie gut."

„Wilhelm, du weißt, wir Raben sind Kosmopoliten und gerade ich bin bekanntermaßen weltoffen und tolerant, aber es gibt zu viele Schmarotzer und nicht alle sehen gut aus oder schmecken gut."

"Morgen besuche ich übrigens meine Wölfe. Gute Nacht!"

Wölfe

Tatsächlich hatte ich in meiner frühen Jugend während eines Inspektionsflugs ein Rudel Wölfe zwischen Hambergen und Bornreihe ausgemacht. In weiser Voraussicht bemühte ich mich gleich um den Aufbau von sozialen Beziehungen. Ich spielte mit den Kleinen, neckte sie und pickte ihnen in den Schwanz, um sie an meinen Geruch zu gewöhnen. Sie vertrauten mir und die Alten ließen uns gewähren. Etwas ketzerisch könnte ich sagen, ich versuchte die Wölfe zu domestizieren und sie zu meinen Haustieren zu erziehen, aber, bescheiden wie es meiner Natur entspricht, gebe ich zu, dass wir uns gegenseitig schätzen und helfen.

Heute besuchte ich sie. Die drei kleinen Rüden Oskar, Erich und Helfried sowie die Fähe Gertrud waren Mitte April zur Welt gekommen, wir waren also im gleichen Alter. Dass ich natürlich geistig weiterentwickelt war als die beiden, verdanke ich sowohl meinem scharfen Verstand als auch meinem Lehrmeister. Ich zeigte den Kleinen die nähere Umgebung, blieb aber immer in Reichweite der Alten. Mit meinen scharfen Augen erblickte ich am Rande eines Feldweges einen toten Hasen, wahrscheinlich überfahren. Selbstlos, wie es meinem Naturell entspricht, wies ich die Jungwölfe auf den Leckerbissen hin. Ich gebe zu, dass ich darauf hoffte, dass sie ihn öffneten, weil das mit meinem Schnabel sehr mühsam gewesen wäre. Sie taten mit den Gefallen und ich genoss ein vorzügliches Mahl. Natürlich ließ ich für die Kleinen einen Rest übrig, um den sie sich balgten.

Ich erzählte Wilhelm von meinem Erlebnis, verriet aber nicht den Standort des Rudels. Möglicherweise hätte er sich gegenüber seinen Nachbarn - ich dachte dabei an Heini, den Taubenmörder - verplappert. Die Angst war unbegründet, denn Wilhelm mochte Wölfe und würde nichts tun, was sie in Gefahr bringen könnte. „Ludwig, du hast recht. Das Verhalten, das du geschildert hast, nennt man Symbiose, Ihr habt beide Vorteile. Schon in der nordischen Mythologie wird von Odin berichtet, der sich von den Raben Hugin und Munin sowie von den Wölfen Geri und Freki begleiten lässt. Die Raben berichten ihm und den Wölfen, was sie bei ihren Rundflügen erspäht haben und die Wölfe kümmern sich um den Rest, ich meine um das Aas."

Leider haben Wölfe einen ebenso schlechten Ruf wie wir Raben. Sie gelten als böse, verschlagen und hinterlistig. Wölfe seien verfressen und grausam, aber Wölfe sind keine blutrünstigen Monster, die kleine Mädchen oder Pilze sammelnde Großmütter fressen. Wilhelm, der eigentlich meinen Freunden positiv gegenübersteht, meint, es gebe mittlerweile zu viele Wölfe in unserem dichtbesiedelten Land. „Pass auf, dass sich deine Wölfe von Schafen und anderen Weidetieren fernhalten!"

„Aha", mein Körper signalisierte einen Flüssigkeitsmangel, ich hatte Durst. Kein Wunder nach dem fetten Hasen und dem kleinen Vortrag, der meinen Geist stark beanspruchte. Ich nahm einen Schluck Wasser aus dem Gartenteich, rülpste ein paar Mal und begab mich zur Verdauung in mein Häuschen.

Ich erwachte wohl ausgeruht und spazierte auf die Terrasse, wo Wilhelm und Luise die letzten Sonnenstrahlen des schönen Herbsttages mit Kaffee und Kuchen genossen. Luise hatte ebenso wie ihr Gatte fast weißes Haar, was ihr, wie ich zugeben muss, recht gutstand. Sie war sehr fleißig. Wenn sie nicht gerade einkaufen war, kümmerte sie sich um das Essen oder sie arbeitete im Garten. In den letzten Wochen änderte sich ihre leicht ablehnende Haltung mir gegenüber. Sie war aufmerksam und behandelte mich mit der freundlichen Hochachtung, die meinem ausgezeichneten Talent gebührte. Sie begrüßte mich sogar und sprach: „Guten Morgen, Vogel!" „Guten Morgen, Meister oder Ludwig", dachte ich sei angemessen, aber ich sagte nichts, da sie mir sogar sanft den Nacken kraulte.

Eine dicke Ringeltaube landete plump in der Flachzone des Gartenteiches. Wilhelm mochte außer Raben auch andere Vögel, bis auf Tauben. Er nannte alle Tauben Tobias. So hieß ein ehemaliger Kollege, von dem er sagte, dieser sei eine intellektuelle Witzfigur. Tobias hinterließ neben einem hässlichen Fettfilm auch Zerkarien genannte

Saugwurmlarven im Wasser. Das konnten wir nicht dulden. Ich mochte ihn ebenso wenig wie er mich. Als ich mich gerade auf den geistigen Tiefflieger stürzten wollte, verschwand er mit hektischen Flügelschlag.

Heiko oder Ein bisschen Spaß muss sein

Heiko war ein alter Keiler mit einem gedrungenen, massiven Körper. Der Kopf wirkte in Relation zum Körper etwas überdimensioniert, was die Frage aufwirft, warum. Wildschweine gelten durchaus als intelligent, sind aber natürlich im Vergleich zu uns bestenfalls bessere Funzeln. Mit seinen kleinen Ohren und den wenigen, zottigen, altersgrauen Borsten erinnerte er mich ein wenig an Nachbar Heino. Sein Körper endete in einem kleinen Schwanz, der sehr beweglich war. Heiko lebte als Einzelgänger. Er stellte zwar manchmal den Sauen nach, war aber meistens erfolglos. Wildschweine können nicht so gut sehen, aber sie riechen und hören gut. Sie sind Allesfresser. Mit ihrer kräftigen Schnauze durchpflügen sie den Boden und fressen alles, was sie finden. Früchte, Regenwürmer, Wurzeln und auch Aas. Oft fällt auch für uns Krähen ein Leckerbissen ab.

Heiko lebte in der Nähe von Tarmstedt, wo es ausgedehnte Maisfelder gab. Ich besuchte ihn am nächsten Morgen. Er suhlte sich in einem Schlammloch und grunzte vergnügt vor sich hin. Mit seinem ausgezeichneten Näschen hatte er mich bereits wahrgenommen, ich konnte ihn hingegen nicht riechen, da sein typischer Maggi-Geruch durch die Schlammkruste überdeckt wurde. Ich setzte mich auf einen Ast und hob stolz mein Haupt, was Heiko allerdings nicht imponierte. Ich sah ihm in die Augen, konnte aber nur biederes Desinteresse erkennen. Heiko sprach irgendetwas in abgehackten Worten, deren Sinn ich trotz größter Mühe nicht verstehen konnte. Obwohl ich mit Riesenschritten der Vollkommenheit entgegengehe, fällt es mir nicht im Traum ein, die Sprache, das klägliche Gegrunze der Wildschweine zu erlernen. Trotzdem versuchte ich, Heiko von meinen besonderen Geistesgaben, von meinem Genie zu überzeugen. Vergeblich! Aber ich hatte meinen Spaß, in dem ich auf seinem Rücken durch die Maisstauden ritt und ihn mit anfeuernden Worten wie „Los, du Schwein" oder „Tempo, Tempo" anstachelte. Die Halme pendelten hin und her, es knisterte und raschelte und ich hatte Mühe, mich auf seinem Rücken zu halte. Heiko blieb plötzlich so abrupt stehen, dass ich beinahe vornübergefallen wäre, was ich aber mit meiner unglaublichen, akrobatischen Körperbeherrschung verhindern konnte. Ich verstand jetzt, warum mein Meister so gern Motorrad fahren wollte, genau wie ich liebte er den Rausch der Geschwindigkeit. Ich bedankte mich artig bei Heiko und versprach, wiederzukommen, dachte aber insgeheim daran, demnächst einen jüngeren und schnelleren Keiler zuzureiten.

Schwarzer Kater

Ich flog zurück um mich ein wenig auszuruhen, kam aber nicht dazu, da ich gerade rechtzeitig zum Kaffeetrinken ankam. Dieses schwarze Gebräu schmeckte mir zwar nicht, der Apfelkuchen hingegen war deliziös. „Da, die schwarze Katze", rief aufgeregt Luise und war im Begriff, aufzustehen und sie zu verscheuchen.

„Mooment!", ging ich dazwischen, „das erledige ich." Der Kater saß am Teichrand, seine schwarzen Augen, die ihm einen satanischen Ausdruck verliehen, verfolgten einen bunten Karpfen. Sein Schwanz wedelte in lustvoller Erregung hin und her. Derart abgelenkt bemerkte die Bestie nicht, dass ich mich von hinten anschlich. Ich betrachtete den schlangengleichen Katzenschwanz eine geraume Weile und errechnete blitzschnell die Wedelfrequenz. Im richtigen Moment stieß ich mit aller Kraft zu und perforierte den Schwanz. Mieze schrie auf, fauchte, zischte und rannte voller Panik in das nahe Gebüsch. Ich sah sie nie wieder, vielleicht ist sie einem Herzinfarkt erlegen. Mein scharfer Verstand und mein spitzer Schnabel machen mich zu einer Waffe. Hocherhobenen Hauptes stolzierte ich zurück und sah triumphierend meine Gastgeber an. Diese, muss ich sagen, verhielten sich adäquat: Sie klatschten. Na also!

Nach meinem gestrigen phänomenalen Erfolg bei der Katervertreibung hatte ich erfolgreich um Erlaubnis gebeten, einige meiner Freunde zu einer kleinen Orgie einzuladen. Wilhelm hatte sofort mit Einschränkungen zugestimmt. „Höre Ludwig, kein Lärm, kein Dreck und keinen Alkohol, ist das klar?!" „Und höchstens fünf Personen, äh Vögel", plapperte Luise dazwischen. „Papperlapapp", ich war einigermaßen aufgebracht. „Obwohl wir Vögel Alkohol viel besser abbauen können als ihr, trinken wir weder Schnaps noch verzehren wir gegorene Früchte. Das können wir uns gar nicht erlauben, oder habt ihr schon mal Krähen im Zickzack fliegen sehen. Übrigens hat der Begriff „Schnapsdrossel" nichts mit den Vögeln zu tun, sondern das Wort Drossel meint die Kehle, daher auch der Begriff, jemanden erdrosseln", belehrte ich sie. Dass ich schon mal einen Obstler und ein Schluck Weizenbier gekostet hatte, musste ich ihr natürlich nicht auf die Nase binden. Wilhelm, der dies wusste oder wenigstens ahnte, schmunzelte genüsslich.

„Was ist das für ein kakophonisches Getöse?" Luise jedoch hörte gar nicht zu, vielmehr stand sie mit offenem Mund und weit aufgerissenen Augen, dabei hektisch Wilhelm in die Rippen stoßend, da und starrte in den Himmel. Es war ein wunderbares Schauspiel, das sich uns bot. Hunderte schwarzer Gesellen meiner Sippe verdunkelten den Himmel und ohrenbetäubender Lärm sorgte für ein Gänsehaut-Gefühl.

„Keine Panik, meine Jungs und Mädels versammeln sich nur zum Flug zu ihrem Schlafplatz. Heute geben sie der

Eiche von Hein B. die Ehre", beruhigte ich die beiden, als sich meine Gäste auch schon aus dem Schwarm lösten und dieser sich lärmend im Baum niederließ.

Erwin, Heinzi, Wollibald, Elise sowie Gerda und Käthe und natürlich ich verbrachten einen netten Abend, der durch frische Früchte, die uns Luise dankenswerter Weise kredenzt hatte - wahrscheinlich war ihr der eigene Auftritt peinlich - angenehm aufgewertet wurde. Auch Wilhelm hatte wohl ein schlechtes Gewissen, denn er spendierte uns eine Schale mit köstlichem Rotwein. Für die Naschnasen Gerda und Käthe besorgte ich noch schnell Schokolade. Zum Abschluss gab ich ein Lied zum Besten und im Moment der höchsten musikalischen Begeisterung gab Elise mir einen Kuss. Dass die anderen Gäste mir nicht ein Wort des Lobes zuwenden wollten störte mich nicht, sie waren eben Banausen und hatten ebenso wenig Kunstverständnis wie des Meisters Nachbarn.

Dilemma oder Seelische Grausamkeit

Ich saß neben Otto, einer Rabenskulptur mit einem Schlüssel im Schnabel, auf der Dachtraufe und beobachtete das Treiben am Nistkasten oberhalb der Garagentür. Dieses Häuschen war vor etlichen Jahren ein Geschenk von Freunden für Wilhelm gewesen. Im Innern hatten sich zwei Schnapsgläser und eine Flasche mit Hochprozentigem befunden. Luise hatte den Kasten gründlich gereinigt, frisch gestrichen und mit einer Messingplakette „Wilhelms

Zwitscherkasten" versehen. Wie erlesen Wilhelms Geschmack war, konnte man daran erkennen, dass auf dem Nistkasten ein lesender Kupferrabe namens Hamilkar Schaß residierte. Was mit dem geistigen Gesöff passiert war, entzieht sich meiner Kenntnis. Jetzt nisteten darin ausgerechnet Blaumeisen. Die emsigen Altvögel flogen ständig mit nahrhaften Insekten im Schnabel zur Fütterung ihrer Brut hin- und her. Aus einem Augenwinkel konnte ich erkennen, wie Luise mich misstrauisch beobachtete während sie auf der Terrasse den Tisch deckte. Sie argwöhnte, ich könnte den Tierchen etwas antun. In der Tat musste ich mich höllisch zusammenreißen, im wahrsten Sinne des Wortes meine Zunge hüten, um meinen Gelüsten nicht nachzugeben.

Wilhelm kam nach Hause, natürlich pünktlich zum Essen. Ich war entrüstet, geradezu empört. Die Herrschaften freuten sich auf herzhafte Schweinefilets im Speckmantel während ich mich mit einem trockenen Brötchen abgeben musste. Anklagende und warnende Blicke von Luise gab es dazu. Wilhelm sah mir meinen Ärger an. „Was ist denn los mit dir?" Er schmunzelte. „Was los ist?! Ich muss gute zwei Wochen Tantalusqualen erleiden. Vor mir die herrlichsten, leckersten jungen Meisen und ich darf sie nicht nur nicht verspeisen, sondern muss sie sogar noch bewachen. Wenn den Biestern nämlich etwas passiert, bekomme ich die Schuld".

Wilhelm lachte, „das ist wohl war, aber du weißt, wie sehr Luise die Kleinen liebt. Natürlich hast du recht, lieber Ludwig. Wir haben schon einmal über zweierlei Maß gesprochen. Wir Menschen sind in dieser Beziehung ungerecht und müssen mit dem Widerspruch zwischen Tierliebe und Fleischkonsum klarkommen. Der Schutz unserer Psyche, um uns nicht emotional mit dem Thema Fleischkonsum befassen zu müssen, und die Rechtfertigung unseres Verhaltens ist paradox. Ich persönlich mag Schweine. Sie sind intelligent, haben Gefühle und Ängste und kleine Ferkel sind geradezu niedlich. Man muss kein Vegetarier sein, um Tiere zu lieben – und dennoch essen selbst Tierliebhaber gerne Fleisch. Unser große Philosoph Kant befürchtete sogar, dass Menschen, die nicht davon abgehalten werden, Tiere grausam zu behandeln, ihr Mitgefühl nach und nach auch gegenüber ihren Mitmenschen verlieren. Das halte ich für blödsinnig. Ich halte das Töten von Tieren aller Art ohne triftigen Grund für falsch, aber die Zucht von Tieren zum Verzehr für angemessen.

Wenn ich vor einem zarten Spanferkel in knuspriger Kruste mit Biersoße und Klößen sitze darf ich an ein kleines niedliches Ferkel mit Ängsten, Panik in den Augen und Schmerzempfinden nicht denken.“

Luise, wie weit bist du mit den Filets, ich habe Hunger.“

„Dein Gerede geht mir am Bürzel vorbei und deine Erklärungen helfen mir nicht", erklärte ich ihm. „Was du über Tierschutz, deine Psyche und Philosophen denkst ist mir egal. Ich kenne niemanden, der so viel Fleisch verzehrt wie du und wir Raben rotten weder Meisen noch andere Lebewesen aus!"

Veränderungen – Neue Chaoten

Nebenan gab es geschäftige Aktivitäten. Bäume wurden gefällt, wildwachsende Rhododendren wurden entfernt und gehäckselt und der Müll nonchalant über den Zaun zum Nachbarn befördert. Unter den arbeitenden Personen stand ein junger Mann sich und den Anderen im Wege. Das musste der neue Mieter sein. Luise unterhielt sich neulich mit Wilhelm und meinte, die Neuen hätten sich weder vorgestellt noch sich über die Glückwunschblumen des Freundeskreises der Nachbarn bedankt. „Die haben weder Stil noch Anstand."

Beinahe unbemerkt waren sie eingezogen. Ein junger Mann mit einem bemerkenswert einfältigen Gesichtsausdruck, eine sehr kräftige Frau und potentielle Kundin des Fettweg-Studios sowie ein kleiner blasser Junge und ein kläffender Staubwedel.

Wilhelm und ich unterhielten uns am Gartenzaun als der Einfältige sich dazu gesellte und losplapperte. Nach drei gestammelten Halbsätzen unterbrach Wilhelm ihn und stellte uns vor. „Mein Name ist Kallweit, Wilhelm Immanuel Kallweit und der hübsche Vogel heißt Ludwig."

Ohne auf eine Reaktion zu warten ließ er ihn stehen und flüsterte mir ins Ohr „der sollte den Mund geschlossen halten und die Leute denken lassen, dass er ein Idiot ist, als ihn zu öffnen und alle Zweifel zu beseitigen."

Trotz des mir angeborenen Hanges zur höheren Kultur schlug ich vor, die beiden ganz banal „Dick und Doof" zu nennen. Wilhelm runzelte die Stirn „Ist das nicht etwas plump, wie wäre es mit Stan und Olli?" „Ja, das ist besser, perfekt!"

Sonntagmorgen

Luise und Wilhelm saßen auf der Terrasse. Es war noch recht kühl, eine frische Luft mit einem erquicklichen Aroma darin, aber die Sonne schien und es war wahrscheinlich die letzte Möglichkeit, im Freien zu frühstücken. Das Frühstück war üppig und bestand aus Brötchen, die Nachbarin Ilse geliefert hatte, aus Ei, gebratenem Speck, Lachs, Schinken und einer fruchtigen Marmelade. Wilhelm war zufrieden. „Abräumen!" Der Wunsch, Luise möge das Geschirr abräumen und den Tisch herrichten für die ausgiebige Zeitungslektüre mit abschließendem Kreuzworträtsel geriet etwas barsch, was Wilhelm an ihrer Mimik erkannte. „Selbstverständlich helfe ich dir", warf er beschwichtigend ein. Das Rätsel war gelöst, die Sonne schien, die kleinen Vögel zwitscherten und aus den Eichen kam der liebliche Gesang meiner Kumpels. Wilhelm befand, es sei die richtige Gelegenheit an seinem fulminanten Opus über die Tierwelt Germaniens zu arbeiten.

Da! 70 Dezibel mindestens. Das Geräusch kam plötzlich. War es eine Sirene oder ein Düsenjet im Tiefflug. Vor Angst am ganzen Körper bebend sprang ich mit einem Satz an Wilhelms Brust. Der sprang ebenfalls auf, hielt mich aber fest. Meine Sippschaft hatte den Schlafbaum schon vor einigen Stunden verlassen.

Sonntag, 10:30 Uhr. „Welcher Idiot benutzt heute seinen altersschwachen Staubsauger", schrie er. Er hatte die Quelle der Lärmattacke und auch den Urheber schnell ausgemacht. „Wer ist Rentner, hat die ganze Woche Zeit und saugt am Sonntag sein Auto aus?" echauffierte sich Wilhelm. Er glaubte, zu wissen und ich ahnte es. „Das kläre ich", ich flog in die Nachbarschaft und sah ihn. Eine Funzel im Blaumann. Ich hatte naturgemäß von elektrischen Geräten keine Ahnung, mein logisches Denkvermögen sagte mir aber, dass der Stecker am Ende des Kabels den Energiefluss zum Lärmgerät ermöglicht. Mit meinem schraubstockartigen Schnabel zog ich ihn aus der Steckdose, was prompt zu einem sirrenden Erlöschen der Teufelsmaschine sowie zu einem noch grüblerischen Gesichtsausdruck des Blaumannträgers als gewöhnlich führte. Hein kratzte sich am Kopf und hantierte hilflos an dem Ding herum, als plötzlich wieder Strom floss. Ich saß versteckt hinter dem Pfosten, an dem die Steckdose angebracht war. An, aus, an, aus, Hein gab entnervt auf. Wilhelm hatte seine Ruhe und ich ein gekochtes Ei.

Artur

An eine Weiterarbeit an seinem Opus war nicht zu denken, denn Artur, ein alter Freund und Kammersänger kam zu Besuch. Artur wollte von seinem Krankenhausaufenthalt berichten. Er hatte einen leichten Schlaganfall erlitten, welcher das Sprachzentrum lahmlegte. Ein harter Schlag für jemanden, der gern erzählte und noch lieber sang. Ob er wirklich Kammersänger war, wusste Wilhelm eigentlich gar nicht, vielleicht war er nur ein Duschkabinen - Caruso. Ich wusste, dass Kammersänger ein Ehrentitel ist. Möglicherweise konnte Artur mir einen Tipp geben, wer diesen verleiht. Kammersänger Ludwig Corvus, klingt gut, dachte ich. Ich wurde nicht beachtet, denn Artur redete sich in Rage. Das Krankenzimmer war eng, die Ärzte sprachen nur gebrochen Deutsch und die Krankenschwestern waren unfreundlich und pampig, noch nicht einmal hübsch. Wilhelm konnte ihm wegen ähnlicher Erfahrungen nur zustimmen. Artur, einmal in Rage, erregte sich über Ausländer, Abzocker, schlampige Handwerker, Gutmenschen, korrupte Politiker und unfreundliche Nachbarn. Wilhelm gab ihm in fast allen Punkten recht. „Mit meiner Nachbarschaft fühlen wir uns sehr wohl. Artur, trinke einen Schluck Wasser und beruhige dich, denk an dein Herz." Artur verabschiedete sich und Wilhelm bereitete sich mental auf den Schweinebraten vor.

Träume sind Schäume oder Die perfekte Anpassung

Einige der wunderbarsten über alle Maßen herrlichsten Erfindungen der Deutschen sind Bratwurst und Bier. In Anlehnung an den von Wilhelm hoch verehrten Humoristen Loriot sagte er „Ein Leben ohne Bratwurst und Bier ist möglich, aber sinnlos."

Bei einem Grillabend unter uns, also nur Luise, Wilhelm und ich, sinnierte er über ein kühles Blondes, wie er das göttliche Getränk hin und wieder nannte. „Siehe die vielen Hundert Bläschen, die perlend im Glas aufsteigen und sich oben zu weißem Schaum vereinigen, wo er, im Kontrast zur gelben Flüssigkeit, darauf wartet, meine Oberlippe zu benetzen." Vor einiger Zeit hatte ich auch ein wenig von dem Säftchen gekostet. Ich empfand es als bitter und wunderte mich über Wilhelms Begeisterung. Nach fast jedem Schluck sagte er „Oh, wie köstlich."

Mittlerweile habe ich mich nicht nur an den Geschmack gewöhnt, ich genieße ihn sogar. Raben und Menschen sind Gewohnheitstiere. Wilhelm und ich pflegen gefestigte Abläufe und vermeiden Anstrengungen und energieverbrauchende Tätigkeiten. Bier, Bratwurst und andere Leckereien sorgen für Glücksbotenstoffe und Zufriedenheit.

Politik

Wenn sich Wilhelm mit Freunden über Politik unterhielt hörte ich aufmerksam zu. „Sage mal, Wilhelm, sind Politiker wirklich korrupt?" Selbstverständlich kannte ich die Bedeutung des Begriffes „korrupt" und wunderte mich. Eigentlich geht es euch doch gut in Deutschland. Uns Krähen ist die Politik egal. Wir kommen auch ohne Regierung gut durchs Leben, ihr habt immerhin eine.

„Das verstehst du nicht, Ludwig, du bist zwar relativ schlau, aber doch nur ein Vogel.

"Mooment", ich wollte protestieren. „Sei ruhig, halt den Schnabel und lass mich ausreden." Uns geht es noch einigermaßen gut, aber nicht mehr lange. Uns geht es gut trotz der Regierung, nicht wegen. Wir waren mal technologisch an der Weltspitze, aber z.B. ist uns Albanien am Rande Europas oder Lesotho in Afrika in der Mobilfunktechnik um Jahre voraus. Dass sich Handydaten von ganz allein löschen, passiert allerdings auch hier nur den Politikern aus dem Ministerium für Inkompetenz.

Unsere deutschen Dieselmotoren sind effizienter als alles andere, werden aber verteufelt. Während China einen neuen Großflughafen baut, schaffen wir es, in der gleichen Zeit ein Toilettenhäuschen für drei Geschlechter zu errichten. Wir entwickeln uns immer mehr zu einer Bananenrepublik.

Sogenannte Volksvertreter sind oftmals sehr weit vom Volk entrückt und Politik und Ehrlichkeit gehören nicht unbedingt zusammen. Korruption oder Verdorbenheit ist weit verbreitet und wird selten bestraft. Viele Politiker, die schwerwiegende Fehler begehen oder grandios gescheitert sind, bleiben in gut dotierten Ämtern oder werden in das Europaparlament weggelobt, wo sie weiter stümpern dürfen.

Wem Gott ein Amt gibt, raubt er den Verstand, hat einst unser Chefdichter Goethe behauptet. Heute brauchen wir keinen Gott, es werden ohnehin fast nur unterbelichtete Sesselfurzer in Amt und Würden erhoben. Für Politiker gilt der Satz von Mark Twain: „Alles, was man im Leben braucht, sind Ignoranz und Selbstvertrauen." Bei uns in Deutschland glauben völlig Ungebildete, die in ihrem Leben nichts weiter geleistet haben, als fremde Aktentaschen zu tragen und Bafög zu kassieren, das Land regieren zu können. Sei froh, dass du dich nicht mit diesen Dingen beschäftigen musst."

Nicht Fisch, nur Fleisch

„Telefon, Teelefoon, ich habe in der Küche zu tun, ist sowieso für dich," rief Luise „Na gut", Wilhelm hatte die Nummer erkannt, „Hallo Toni!" „Falsch, hier ist Erika." „Hallo Beton, was gibt es?" Sie schluckte, den Namen hörte sie nicht gern. Sage mal, dein Rabe frisst doch bestimmt gern Fische. Bei uns fehlen wieder einige von den kleinen

bunten Koi und Toni meinte, ich solle dich mal fragen."
„Nein Erika, zur wahren Bildung gehören Tugend, edle
Gesinnung und ein fester Charakter. Das alles habe ich
Ludwig beigebracht. Er geht nicht in fremde Gärten. Fisch
mag er übrigens auch nicht, höchstens Rotbarschfilet, in
Rapsöl mit Paniermehl gebraten. Er ist manchmal sehr
eigen. Aber ihr habt doch eine Wildtierkamera, die würde
ich mal irgendwo unauffällig anbringen. Ich habe bei uns
schon öfter Udo, den Kater von Heinz Erbsacker
rumschnüffeln sehen." „O ja, das ist eine gute Idee, erzähl
ich gleich Anton. Tschühüss!"

Wilhelm und Luise standen am späten Nachmittag auf der
Terrasse und lauschten begeistert den Tönen, die der
Herbst produzierte. Das Pfeifen des Windes, der das Laub
zum Rauschen brachte und natürlich die Vogelstimmen.
Die beiden liebten diese für die norddeutsche
Moorlandschaft so typischen Töne der Natur. Das
Trompeten der vorüberziehenden Kranunkeln, das
Geschnatter und klagende Gekrächze der in
charakteristischen V-Formation vorbeifliegenden
Graugänse und ganz besonders natürlich den lieblichen
Gesang meiner Artgenossen, der Krähen. Für ein leichtes
Gruseln sorgte hier kein Monsterhund wie im Moor von
Dartmoore, sondern das ferne Geheul unserer Freunde, der
Wölfe.

Debakel

Der Abend endete für mich debakulös. Luise war beinahe fertiggeworden mit dem Anstrich des großen runden Terrassentisches - das Streichen war zwar auch Arbeit, aber es lärmte nicht - als ich, um mich von der Qualität zu überzeugen, aus Versehen gegen den Farbeimer stieß. Der Eimer kippte um und die Farbe lief über den Tisch. Innig überzeugt von der hohen Vortrefflichkeit, mit der mich die Natur begabt hatte, war ich sicher, die Situation retten zu können, indem ich mit meinen Füßen einen schnöden Anstrich in die Sphäre des Künstlerischen erheben wollte. Luise, die keinen Sinn für meine Kunst hatte, warf mit einem Lappen nach mir. Der Klügere gibt nach, dachte ich mir und wollte mich noch eben im Gartenteich von der Farbe an meinen Füßen befreien, was wiederum Wilhelm in Rage versetzte. „Raus mit deinen Dreckmauken aus dem Teich", schrie er. „Ich bin doch nicht eine von diesen dumpfbackigen Ringeltauben, mit denen du so reden kannst." Schwer beleidigt entfernte ich mich. Unterwegs, ich flog ein wenig umher, um mich zu beruhigen, begegnete ich ein paar von diesen plumpen Tauben. Ein Versuch, mit ihnen ein Gespräch anzuknüpfen, war sinnlos. Sie glotzten mich blöd an, ohne zu ahnen, welch großem Geist sie soeben begegnet waren.

Ich war derart in Gedanken, dass ich den tückischen Greif, einen Habicht, zu spät gewahrte. Er packte mich, rasender Schmerz durchzuckte mich und ich schrie aus Leibeskräften um Hilfe. Wo blieb unsere Luftwaffe? Ich gebe zu, ich hatte Todesangst. Mit einem kleinen Turmfalken oder einem plumpen Bussard hätte ich es dank meines besonders kräftigen Schnabels und der Geschicklichkeit meiner Flügel aufgenommen, aber ein Habicht war ein barbarischer und draufgängerischer Feind. Blind vor Panik ging ich samt der Furie in den Sturzflug über und durchschlug das Küchenfenster einer Bauernkate. Darin speisten ein älteres Ehepaar sowie deren Nachbar Bratkartoffeln. Dieser Mensch, ein ausgemachter Rohling, machte glücklicherweise den Habicht als Bösewicht aus und attackierte diesen mit einem Besenstiel. Ich hatte das Glück, zwischen seinen Beinen durchschlüpfend, den rettenden Ausgang zu erreichen und dem groben Unhold zu entfliehen.

Während ich heroisch um mein Leben kämpfte, saßen die Anstreicherin und Wilhelm ebenfalls beim Abendbrot. „Was ist nur in diesen Vogel gefahren, er war doch eigentlich ganz vernünftig", meinte Luise. „Ach, das ist nur die Pubertät oder auch Dominanzaggression, das gibt sich wieder. Ludwig muss lernen, wer hier bei uns dominant ist, nämlich ich. Telefon! Luise Telefoon!" Keiner hatte Lust, aber Wilhelm rechnete mit der weiblichen Neugier. Luise ging. „Es ist für dich, es ist Bernhard." Wilhelm nahm den Hörer, „Was kannst du für mich tun?" Bernhard legte sogleich los. „Sag mal, hast du heute Morgen auch Stromschwankungen bemerkt?" Nein, hier ist alles in Ordnung, warum?" fragte er grinsend. „Nein, nein, alles klar, ich dachte nur, Tschüss!"

Total erschöpft und entkräftet erreichte ich meine Kolonie, wo wütender Hunger, noch gestärkt durch den aromatischen Duft der Bratkartoffeln in der Kate, anfing, mich zu peinigten. Im Geiste sah ich eine dunkel gebratene, würzige und herrlich aromatische Bratwurst. Normalerweise wäre ich zu meinem Häuschen gegangen, wo immer eine Leckerei bereitlag, meistens einer von den gesunden „Belohnlingen", Kekse aus Dinkelmehl, die Wilhelm erfunden hatte. Aber ich hatte meinen Stolz und naschte eine unvorsichtige frische Blaumeise. Nach einer mysteriösen Lungenkrankheit, für die ein Bakterium verantwortlich war, hatte sich der Bestand zu meiner großen Freude wieder erholt.

Mir ging es nicht gut, mental. Manchmal machte ich mir Vorwürfe und kam mir wie vor wie ein Lump. Träge, verfressen, zänkisch, tollpatschig und unausstehlich. Hatten nicht manchmal Wilhelm und Luise recht, wenn sie mich beschimpften? Aber nein, ich wischte diese belastenden Gedanken schnell zur Seite, kleinere Fehler passieren selbst einem großen Geist wie mir und Selbstmitleid liegt mir nicht.

Alles hat seine Zeit!

Die wunderbare Rettung aus den Klauen des brutalen Jägers Heino, Knaben- und Studienjahre, die aus einem höchstbegabten Vogel ein Universalgenie und Privatgelehrten formten sowie die Vollversorgung mit

Speis und Trank, all das würde ich meinem Mentor nie vergessen.

Der nagende Hunger trieb mich zurück zu der Bauernkate, wo ich nach einiger Suche im Hühnerstall zwei Eier auf den Boden warf und sie hastig schlürfte. Die dusseligen Hühner gackerten und schrien als wäre ein Fuchs eingebrochen, was den Opa veranlasste, mit einem Luftgewehr rumfuchtelnd, herbeizueilen. Da ich unbemerkt entkommen konnte, beschimpfte er sein Federvieh wegen des Fehlalarms. Nach dem frugalen Mahl kehrte ich wie Phönix aus der Asche in meine Kolonie zurück. Der Anblick von Elise, die auf mich zu warten schien, wärmte mein Gefieder. Welch ein Wiedersehen, knapp dem Tode entkommen, wallte in meiner Brust das Entzücken, ich war verliebt. Endlich ein teilnehmendes Herz. Mit unbeschreiblicher Anmut putzte sie ihr Gefieder, natürlich um mir zu gefallen. Als Jüngling mit guter Erziehung begrüßte ich sie galant. „Holdeste, dass wir uns heute hier treffen dürfen, ist ein Geschenk des Himmels für dich." Ich blieb über Nacht bei ihr und versprach, sie am nächsten Morgen meinem ehemaligen Lehrer vorzustellen. Trotzt all der Kränkungen, die er mir angetan hatte, entschied ich, Größe zu zeigen und Wilhelm und Luise zu verzeihen. Immer noch bohrender Hunger unterstützte diesen Entschluss.

Vorsorge

Elise und ich kamen rechtzeitig zum Frühstück, wie ich durch die Scheibe erkennen konnte. Die Würstchen konnte ich zwar nicht riechen, sah aber, wie Wilhelm herzhaft in eines hineinbiss. Wilhelm sah uns, öffnete die Tür und bat uns ohne Umstände hinein. Ich wollte die Unterredung mit einigen klärenden Worten beginnen, auf eine Entschuldigung seinerseits hoffend, besann mich jedoch beim Anblick der vortrefflichen Speisen.

Mir kam plötzlich in einem Moment der Begeisterung, wie es bei Genies zu geschehen pflegt, der geniale Gedanke, der alles löste. Ich teilte Luise und Wilhelm, Elises Zustimmung voraussetzend, mit, dass ich gedachte, zusammen mit ihr wenigstens zeitweise hier in meinem Vogelhaus zu wohnen. Wir Krähen sind zwar nicht zimperlich, aber ein wenig Geborgenheit und Schutz vor eisiger Kälte waren doch sehr angenehm.

Ich teilte Wilhelm meinen Entschluss mit. „Da du mich aus den Klauen von Heino gerettet hast, bist du gewissermaßen für mich und natürlich auch für Elise verantwortlich. Ich verzeihe dir deine Unflätigkeit und gebe dir die Chance, uns im Winter freundlich zu umsorgen. Luise kann hin und wieder unser Häuschen reinigen und du darfst uns mit Leckereien verwöhnen."

Wilhelm grinste während Luise einen hochroten Kopf bekam. „Was bildet sich dieses Vieh ein, ich bin doch nicht seine Putzfrau." „Lass ihn doch reden, du weißt doch, wie er tickt, er meint es nicht so", Wilhelm hielt seinen Bauch vor Lachen. Elise tippelte hin und her, ihr war die Situation peinlich. Während Wilhelm leise auf Luise einredete flüsterten Ludwig und Elise sich zu.

„Wir haben uns entschieden", sprach Wilhelm in einem Ton, der keinen Widerspruch duldete. Ihr dürft hier den Winter verbringen und wir versorgen euch mit allem, was ihr braucht. Für die Pflege eurer Unterkunft seid ihr allein zuständig. Ich erwarte absolute Sauberkeit und ich dulde kein Ungeziefer. Im Gegenzug erwarte ich von dir, Ludwig, dass du die kleinen Meisen und alle Tiere im Gartenteich in Ruhe lässt. Was du mit Rudolf und den Katzen treibst, ist mir egal. Ist das klar?!"

Der Ton gefiel mir nicht, aber Elise stieß mir in die Rippen und, obwohl mein angeborener Sinn sich auflehnte und Unterwürfigkeit mir ein Verleugnen meines Selbstgefühls erschien, sagte ich klar und deutlich „Jawohl!" Man darf kleinere Opfer nicht scheuen, um Großes zu erlangen, der Klügere gibt nach, dachte ich.

„Übrigens Elise, wenn einer von uns stirbt, bleibe ich hier wohnen." Vor Rührung kullerten ihr die Tränen.

Das große Ziel, unser Überleben für den kommenden Winter war gesichert. Ich freute mich auf den Wintersport mit Elise im Schnee, auf gesellige Zusammenkünfte mit meinen Artgenossen, auf philosophische Gespräche mit Wilhelm und natürlich auf unsere Zukunftsplanung mit vielen kleinen Nachwuchsgenies.

Mensch und Tier

Während der kalten Jahreszeit habe ich viel gegrübelt.

„Sage mir mal, Wilhelm, was ist der Unterschied zwischen Mensch und Tier, wer kann mir sagen, wie es um das Geistesvermögen der Tiere steht?"

Wilhelm legte die Stirn in Falten und antwortete bedächtig. „Das ist eine sehr gute Frage. Ich weiß es nicht. Früher war alles ganz einfach. Menschen gingen aufrecht und brüsteten sich mit ihrem Verstand, während Tiere nur als hirnlose Transportmittel, als Nahrung oder zu unserem Schutz, höchstens zum Spielgefährten taugten. Geistige Fähigkeiten werden bei Tieren auch heute noch als Instinkt abgetan.

Aber Ludwig, im Grunde hast du die Antwort bereits gegeben. Die Frage, wer bin ich, was ist der Unterschied zu meinen tierischen Verwandten, diese Überlegungen kann nur ein Mensch anstelle. Du bist natürlich eine Ausnahme."

„Also bin ich fast ein Mensch." „Nein, du bist ein Vogel, aber ein kluger Vogel. Sei stolz darauf. Lieber Ludwig, ich habe mir im Laufe der Jahre viele Gedanken zu diesem Thema gemacht."

„Wenn ein Fisch, sagen wir kleiner Guppy, einen Wasserfloh, eigentlich ein kleiner Krebs, beim Versuch, diesen zu fressen, verfehlt, hat er ihn nach zwei Sekunden vergessen. Der kleine Wasserfloh verhält sich wie ein Sandkorn, er weiß garnicht, dass er existiert, geschweige denn, dass er gefressen werden sollte. Wenn aber eine Katze einen Karpfen jagt und dieser hinter einem Stein verschwindet, dann weiß die Katze ganz genau, dass der Fisch noch da sein muss.

Und du, was würdest du machen, du Schlaumeier?" „Pah, mit kleinen Fischen würde ich mich garnicht erst abgeben. Schließlich weiß ich, wo Barthel den Most holt."

„Biologisch sind wir Menschen Tiere. Wir sind Primaten, genau wie Schimpansen oder Gorillas. Nur werden die auch in 100.000 Jahren niemals ihr Genom entschlüsseln, eine Sinfonie komponieren oder sich Gedanken über Raum, Zeit und Materie machen können.

Wie intelligent Tiere und speziell ihr Raben seid, weiß keiner so genau. Fest steht, dass ihr keine tumben und seelenlosen Roboter seid, die sich verhalten, wie wir Menschen es programmiert haben. Je mehr die Wissenschaft forscht, desto klarer wird mir, dass Tiere denken, fühlen, empfinden und auch leiden können. Ein Vogelhirn ist nicht unbedingt schlechter als unser Säugetiergehirn, es ist nur anders. Wir Menschen denken nur an der Oberfläche des Gehirns, deswegen ist es gefaltet. Vögel denken mit ihrem ganzen Gehirn, darum kann es auch kleiner sein. Es führen eben viele Wege nach Rom. Ich bin überzeugt, lieber Ludwig, dass wir Menschen bisher nur sehr wenig wissen. Ich bin gespannt auf neue Erkenntnissee der Kognitionsforscher.

Dass wir aber geistig derart überlegen sind, lässt sich für mich allerdings auch nicht mit der Evolution erklären.

Aber das ist ein anderes Thema. Philosophisch sind wir vernünftige Tiere. Wir Menschen wissen, wer wir sind und ich glaube, wir sind die einzigen Lebewesen, die um ihre Sterblichkeit wissen. Wir lieben wie auch Tiere unsere Kinder, aber auch unsere Eltern, Großeltern und Enkelkinder, sogar unsere Toten."

Ich fühlte mich herausgefordert und glaubte, widersprechen zu müssen, wie man es von einem vernunftbegabten Vogel erwarten konnte. „Es gibt viele dämliche Leute, die deiner Definition des vernunftbegabten Tieres nicht gerecht werden."

„Stimmt", Wilhelm grinste. „Aber es liegt in unserer Natur, vernünftig zu sein. Analog dazu könnte ich sagen, dass es in der Natur der meisten Vögel liegt zu fliegen. Wenn du aber nicht fliegen kannst, weil du vielleicht nur mit einem Flügel geboren bist, bist du dennoch ein Vogel. Außerdem sind wir Menschen biophil, das heißt, wir haben das Bedürfnis, in Kontakt mit der Natur zu leben, mehr als für unser Überleben notwendig ist."

Bullen

„Aha, meinetwegen, aber eine Frage quält mich schon eine Weile: „Können Bullen sprechen?" Die Möglichkeit, dass andere Tiere, gar Rindviecher, mir meine Einzigartigkeit streitig machen könnten, belastete mich.

„Wie kommst du denn auf diese absurde Idee?", Wilhelm runzelte die Stirn. „Bei eurem Grillen hat Beton in der Runde folgendes erzählt: „Da hat der Bulle zu mir gesagt, da dürfe ich nicht parken und der andere Bulle meinte, ich solle nicht pampig werden. Der wollte meine Fahrerlaubnis sehen. Die spinnen wohl, die Bullen."

„Ludwig, beruhige dich. Rinder, Bullen, Kühe, Kälber und andere Rindviecher schmecken köstlich, aber sprechen können sie nicht. Du weißt doch, dass Erika sich manchmal etwas leger ausdrückt. Manchmal werden auch Polizisten unfreundlich und unberechtigt als Bullen bezeichnet. Den Grund dafür könnte ich dir zwar erklären, aber ich habe heute keine Lust mehr. Ich möchte dich auch nicht überfordern, lass uns eine Pause machen und einen kleinen Snack einnehmen. Luise hat wunderbare, saftige Pfirsiche gejagt, die werden dir munden. Danach trinke ich zwei oder drei Bierchen und du ein Wasser."

„Gute Idee, aber ich meine, als geistreicher, poetische Vogel sollte ich ebenfalls ein geistiges Getränk, vielleicht irgendetwas mit Früchten, kosten."

Ich wachte auf, eigenartigerweise nicht in meiner Villa, auch nicht in meinem Stammbaum, sondern in einem mit einer Decke ausgeschlagenen Weidenkorb, wie für einen gewöhnlichen Hund. Mein Kopf schmerzte, als die dröhnend laute Stimme meines Erziehers lospolterte. „Na,

Vogel, hast du einen Kater?" Er lachte laut und reichte mir eine Schale mit Fruchtsaft, die ich begierig ausschlürfte.

Soweit ich mich an den gestrigen Tag erinnern kann, schmeckten die Früchte in der Tat köstlich, der winzige Schluck Obstler hingegen war heute scheußlich bitter. Ich glaube, das Einverleiben so großer Mengen Wissen, verbunden mit Alkohol ist einem vernunftbegabten Wesen nicht förderlich. „Du hast gestern nur einen kleinen Schluck Himbeergeist probiert und bist hernach wie seinerzeit dein Vetter, der Rabe Hans Huckebein, herumgetorkelt.

Bedenke, Bier ist sehr gesund, aber nur in Maßen und auch nur für erwachsene Männer. Minimale Mengen sind auch Frauen zuträglich, jedoch für Kinder, Krähen und andere schräge Vögel ist der Alkohol in höchstem Maße schädlich."

November

Die Abendsonne berührte den Horizont, als sich mir wieder mal ein wunderbares Schauspiel bot. Innerhalb von wenigen Minuten versammelten sich Hunderte von meinen Freunden laut krächzend und singend auf den schon kahlen, gespenstisch wirkenden Bäumen hinter Heinos Grundstück. Spektakulär! Jetzt im Winter mischten sich auch Artgenossen und Saatkrähen aus Nord- und Osteuropa unter uns. Unsere Gastfreundschaft ist bekanntermaßen beinahe grenzenlos. Im Gegensatz zu uns Raben mögen viele Menschen den November nicht. Sicher rührt dieses Unbehagen von der ungemütlichen Wetterlage mit dem unangenehmen Regen- und Schmuddelwetter her, bei dem der Himmel immer grauer wurde und häufiger Nebel die Sicht versperrte und Geräusche verschluckte. Die wenigen Blätter der Ahorne hatten ihre Farbenpracht verloren oder waren bereits welk. Im Wohnzimmer von Wilhelm und Luise hingegen war es wunderbar heimelig. Mein weicher Rabenkorb, knisterndes Kaminfeuer sowie leise Cello Musik von Basti hoben meine Stimmung, wenn wir, meine Holde und ich, zu Besuch sein durften. Eine wohlige Ruhe umgab uns an unserem Rückzugsort. Statt draußen bei Wind und Regen nach einem frugalen Mahl zu suchen, labten wir uns hier an herrlicher Kost, bestehend aus Schinken, Brot, leckeren Früchten und Wasser. Wenn Luise im oberen Wohnzimmer ihre Arztsendung sah - Fußball ging schließlich vor - durfte es auch schon mal ein Schälchen Bier sein.

Weihnachten

Weihnachten, ein sogenanntes Fest der Liebe, ein Fest, bei dem jedes Wesen, ob Mensch, Hund oder Krähe, angehalten ist, sich zu freuen. Organisierte Fröhlichkeit und maßlose Völlerei. Mit Letztem konnte ich mich arrangieren.

Zu Heiligabend kamen Julius und Klara zu Besuch. Ich glaube, Julius mochte mich, wäre ja auch kein Wunder. Ich grüßte die beiden und begab mich in mein Häuschen, wo Elise auf mich wartete. Dieses Getue um einen alten Mann mit roter Mütze konnte ich nicht verstehen. Allerdings bekam ich mit, dass am nächsten Tag, dem 1. Weihnachtstag ein Festessen geplant war, dem ich selbstverständlich durch meine Teilnahme Glanz verleihen wollte.

Außer mir – Elise traute sich nicht- waren Julius mit Freundin Klara sowie Wilhelms Bruder Friedrich mit seiner Frau Karin eingeladen. Sie brachten ihren Hund mit, einen kleinen Dackel, der aussah wie ein Staubwedel mit Beinen. Er hatte ungefähr meine Höhe, nur war er viel länger, fast wurstförmig. Von Größe kann man bei einem Hund natürlich nicht reden.

Brutus sprang hin und her, wuselte von einem zum anderen, legte sich auf den Rücken und bettelte förmlich um Zuneigung, die ihm auch zuteilwurde. „Ach wie niedlich", rief Luise, klatschte in die Hände und veranlasste den Köter, sich von ihr knuddeln zu lassen.

Peinlich, sich so zu erniedrigen und das Selbstwertgefühl aufzugeben, dachte ich. Ich lag in meinem warmen Korb, unbeobachtet von der Gesellschaft, als dieses zottige, kurzbeinige Ungeheuer auf mich zulief. Ich erhob mich, reckte mich ausgiebig und gähnte provozierend gleichgültig. Ich verließ meinen Korb und schritt gravitätisch an der langen Tafel vorbei durch den Wohnraum. Lässig umrundete ich den üppig gedeckten Tisch, um allen Gästen Gelegenheit zu geben, mich gebührend zu bewundern. Um dem Hündchen zu zeigen, wie man sich anmutig und gleichzeitig schnell auf zwei Beinen bewegt, fiel ich in einen leichten Trab. Brutus verfolgte mich bellend und siegessicher, bis ich abrupt stehenblieb und mich zu ihm umdrehte. Er vollführte eine Vollbremsung und streckte alle Viere von sich. Dabei quiekte er wie ein kleines Ferkel und wie von den Furien der Hölle getrieben rannte er zu Friedrich, der ihn auf den Arm nahm und beruhigte. Die Szene sorgte für Heiterkeit und ich verbeugte mich artig.

Der Tisch war festlich gedeckt, was mich allerdings nicht interessierte. Luise hatte es geschafft, Speisen und Getränke schlaraffischen Ausmaßes zu präsentieren. Attraktiv, geradezu überwältigend war der duftende, knusprig braun gebratene Puter. Luise war eine gute Köchin, aber wenn dieser Vogel schmeckte, wie er aussah, war das ihre Meisterleistung, ein wahres Bravourstück. Dazu wurden Kartoffelknödel, frischer Blumenkohl, Rotkohl und eine nach Wein duftende Sauce kredenzt. Für Klara, eine Vegetarierin gab es Gemüse-Burger. Wilhelm hielt die meisten Vegetarier oder gar Veganer für Spinner. Bei Klara war das anders, sie mochte schlicht kein Fleisch, was wiederum ich nicht verstehen konnte.

Das große Fressen begann. Währen sich Wilhelm, Julius und auch Luise üppige Portionen auf die Teller luden, waren die Mengen bei Karin und Friedrich sehr übersichtlich.

Während des Essens wurde ich sträflich ignoriert. Bei Wilhelm verzieh ich dieses Desinteresse an meiner Person – ja, auch Krähen sind Personen -, wusste ich doch, dass er beim Essen für nichts anderes Zeit hatte. Alle anderen waren eben nur Ignoranten, die mein wahres Genie einfach nicht erkannten. Doch heute war ich recht froh über diesen Umstand, denn ich hatte beobachtet, dass Friedrich einen Teil der Keule und etwas von dem weißen Brustfleisch seinem Staubwedel unter den Tisch warf. Brutus bezeugte Lust, etwas davon zu genießen, bevor jedoch der schlafmützige Hund die Leckerbissen herunterschlingen konnte, hatte ich ihm sie entwendet, was er mit einem ängstlichen Winseln quittierte. Herrchen nahm an, dass das Hündchen bereits alles gefressen hatte. „Braver Hund" und zu Karin gewandt „Brutus hat heute enormen Appetit." Ich liebte helle, feste Brüste ebenso wie stramme Schenkel und eilte unter den Tisch, wo eine Hand bereits den nächsten Snack reichte.

Was ein vermeintlich alltäglicher Geschmack auf der Zunge auszulösen vermag, welch faszinierende Kraft die Sinneseindrücke beim Essen auf mein Gehirn auslösen können, kann ich nicht in Worte fassen. Ich war überwältigt. Wilhelm hatte recht, wenn er sagte, Essen und Trinken sei eine besondere Lustquelle der menschlichen Existenz. Natürlich war auch für uns Raben Essen mehr als nur Nahrungsaufnahme.

Ich brachte eine weiteres Stück Brüstchen in Sicherheit und wartete auf die Nachspeise. Während Brutus deprimiert guckte, stolzierte ich satt und zufrieden um den Tisch. Dabei gab ich ein kleines Liedchen zum Besten. „Heil sei der Tag, an dem ich bei euch erschienen. O, ich bin klug und weise, und mich betrügt man nicht, dideldum, dideldum."

„Sag dem Moorlui, dem Krähenvieh, es soll mit dem Gekrähe aufhören, sonst brate ich ihn", sprach Friedrich zu seinem Bruder.

„Pah, da stehe ich drüber!" Meine emotionale Intelligenz, gepaart mit Empathie und philosophischer Gelassenheit, veranlassten mich, Friedrich diesen dummen Ausspruch zu verzeihen und gab ihm Gelegenheit, mich zu kraulen, indem ich mit einem sehenswerten Sprung auf seinen Knien landete. Tatsächlich, überrascht von meiner Reaktion, streichelte er meinen Kopf, was ich mit einem zufriedenen Knurren belohnte.

Hunger und Not

Das neue Jahr begann ungemütlich. Ich war froh, mit meiner Elise zusammen in unserem Häuschen residieren zu können. Draußen tobte der Schneesturm „Hermine", wütend peitschte der Wind und die Elemente schickten sich an, uns mit Kälte und Hunger zu bedrohen. Das konnte ich nicht zulassen. Ich kämpfte mich heldenhaft zum Haus, wo der Meister bereits vorausschauend eine Schale mit Puterfleisch und Trockenfrüchten, die nicht so schnell froren, zubereitet hatte. Galanterweise trug er die Köstlichkeiten zu unserem Haus, wo Elise und ich uns höflich bedankten und sogleich anfingen zu speisen. Warm und satt kehrte eine wohlige Ruhe ein.

Die Ruhe währte nicht lange, denn eine innere Stimme quälte mich mit Gedanken an meine Freunde, den Krähen und Wölfen. Um Heiko und seine Sippschaft machte ich mir indes keine Sorgen. Der sprichwörtliche Schweinespeck schützte sie zuverlässig.

„Edel sei der Rabe, hilfreich und gut", daran dachte ich. Nächstenliebe und Mitgefühl sind schließlich für mich keine hohlen Phrasen. Wahre edle Gesinnung, Tugend, Toleranz, all diese Eigenschaften wurden mir in die Wiege, beziehungsweise ins Nest gelegt, natürlich verfeinert und entwickelt durch meine vorzügliche Erziehung. Ein Jüngling wie ich, mit einem fühlenden Herzen unter dem Federkleid, konnte nicht anders als zu helfen.

Die Landschaft glich einem Wintermärchenwald und überdeckte alles, auch das Hässliche. In unserer Straße war keine Seele weit und breit, im Schnee nur die Fußstapfen des Zeitungsboten. Respekt, immerhin machte wenigstens er seine Arbeit. In den Bäumen kauerten Hugo, Wollibald, Henri und einige andere Freunde und ich überlegte, wie ich ihnen helfen könnte. Unterwegs klangen einige fröhliche Kinderstimmen, Stimmen von kleinen Flegeln, die erfolglos mit Schneebällen auf meine Kumpel warfen. Ich sah es ihnen nach. Normalerweise finden wir hier in unserer

Heimat genug proteinreiche Nahrung. Es gibt hier nur wenige Dohlen und unsere großen Verwandten, die Kolkraben kamen hier gar nicht vor. Somit hatten wir kaum Nahrungskonkurrenten und lebten einigermaßen komfortabel.

Mit meiner unwiderstehlichen Überredungskunst bewirkte ich, dass mein Mentor Wilhelm einen Korb mit geknackten Walnüssen, Fettfutter, welches Luise für ihre Futterhäuschen gekauft hatte, Äpfeln sowie gekochten Eiern samt Schale zu unserem Stammbaum brachte. Ein wenig Bewegung tat ihm schließlich auch gut. Nachdem er sich dezent entfernt hatte, kamen meine Freunde zum Schmaus, nicht ohne sich bei mir zu bedanken.

Ich erhob mich in die Lüfte auf der Suche nach meinen Wölfen. Der Wind war derart stark, dass ich mich wie Aiolos fühlte und mit den Turbulenzen spielte. Wie ein Adler schraubte ich mich empor, segelte in großer Höhe, um dann im wagemutigen Sturzflug wie ein Wanderfalke der Erde entgegen zu stürzen. Mit einem grandiosen Manöver bremste ich ein bis zwei Zentimeter über der schneebedeckten Grasnarbe, stieg hoch, vollführte einige Loopings und ließ mich dann über die Winterlandschaft tragen, immerhin hatte ich eine Mission zu erfüllen.

Ich entdeckte die vier Jungwölfe. Während Gertrud feist und gut genährt aussah, machten Erich, Helfried und Oskar einen jammerwürdigen Eindruck. Wahrscheinlich war Gertrud die Chefin des Clans und daher immer die Erste beim Fressen.

Da ich meine Wölfe dressiert und ihnen einige wichtige Ausdrücke beigebracht hatte, konnte ich mich ihnen verständlich machen. Natürlich war es lediglich ein winziger Teil meines immensen Wortschatzes, aber ich wollte die Armen nicht überfordern. Wolf bleibt schließlich Wolf. So begab ich mich im wahrsten Sinne des Wortes in die Niederungen und landete formvollendet auf dem Rücken von Helfried. Während dieser etwas stumpfsinnig dreinblickte, ahnte Gertrud sofort, dass ich eine wichtige Botschaft überbringen wollte.

Eigentlich wollte ich einen kleinen Vortrag über Toleranz, Symbiose und Freundschaft halten, aber mit meinem Scharfsinn und Einfühlungsvermögen erkannte ich, dass die Jungs zu hungrig waren, um meinen geistigen Ergüssen zu folgen. Daher sagte ich nur: „Ich weiß, wo viele, leckere Kaninchen rumhüpfen." Wissen ist Macht, dachte ich. Ich flog hoch und führte sie auf eine kleine Lichtung in der Nähe des „Swarten Flach" bei Breddorf in der Nähe von Hüttenbusch. Die Jungs und auch Gertrud stürzten sich sofort auf die unvorsichtigen Karnickel und richteten ein Massaker an. Die vier fraßen sich satt und ich beteiligte mich an dem Festmahl, ich hatte schon lange kein Wild.

Satt und in dem Bewusstsein, mal wieder eine gute Tat begangen zu haben, verabschiedete ich mich und flog nach

Hause, natürlich nahm ich für meine Holde ein saftiges Filet mit.

Na also, ich satt, Elise satt, meine Krähenfreunde satt, Wölfe satt! Stolz und zufrieden schlief ich ein.

Am nächsten Morgen erwachte ich ausgeruht und gut gelaunt. Meine gestrigen Taten bewiesen einmal mehr meine hohe Vortrefflichkeit. Allerdings kam mir in den Sinn, dass es Elise nicht klar war, mit welch grandiosem Raben sie befreundet war. Angst, Ehrfurcht oder Schüchternheit, etwas mehr Begeisterung und Lob hätte sie zeigen können. Ich sollte sie demnächst einmal zur Rede stellen. Immerhin war ich ein äußerst begehrter Junggeselle.

Fußball

Hin und wieder trafen sich mein Chef Wilhelm und unser Nachbar Bernhard zum gemeinsamen Fußball schauen, wechselweise hier oder in der „Waldstadion" genannten Hütte von Bernhard. Zur Ausstattung dieser gemütlichen Lokalität gehörte neben dem unverzichtbaren Fernsehapparat ein ebenso unverzichtbarer Kühlschrank. Ein weiterer Vorteil bestand in der Tatsache, dass die Ehefrauen nicht gestört wurden und ihrerseits nicht störten. Beide Damen sagten zwar nicht viel und verhielten sich somit, wie Frauen sich verhalten sollten, aber im Geiste zählten sie die Biere mit, um uns mit einer gequälten Miene ihre Addition mitzuteilen. Außerdem hatte Luise ständig

Angst, ich könnte auf den wertvollen Teppichboden klecksen.

Trotz meiner anerkannten Sportlichkeit und meiner umfassenden Bildung gebe ich zu, von Fußball nicht viel zu verstehen. Um 19:00 Uhr begann die Übertragung eines Bundesligaspiels mit einem Startbier sowie einem Schnäpschen. Begriffe wie z.B. Flanke oder Pass waren mir geläufig, aber „Räume engmachen" oder der „2. Ball"? Ich dachte bisher, Fußball wird nur mit einem Ball gespielt. Egal, nach etwa einer für mich langweiligen Viertelstunde wandte ich mich von dem Geschehen auf dem Rasen ab und beobachtete stattdessen die Herren. Ich gewann die interessante Erkenntnis, dass beide Gruppen - Spieler wie auch Zuschauer – so viel gemeinsam hatten wie Menschen und Schimpansen.

Die Gruppe der Zuschauer, zu der hin und wieder auch andere Nachbarn wie Heino, Anton oder Jupiter stießen, bestand aus Herren mit wunderbar ausgeprägten Bäuchen sowie hellem, teils blondem Haar. Auch ihre Körper, soweit ich dies erkennen konnte, waren hell, selbst die Arme waren als solche zu erkennen. Das Wichtigste jedoch: Sie hatte Ahnung vom Spiel. Sie kommentierten jeden Fehler mit wohlgesetzten Worten wie „Spiel ab, du Arschloch", „Foul, Elfmeter, Schiri, bist du blind?" oder „Schwalbe, steh auf, du Schauspieler."

Um die 90 Minuten des mehr oder wenigen spannenden Geschehens ohne Flüssigkeitsmangel und Störungen der

Befindlichkeit zu überstehen gab es diverse, geistreiche und geistvolle Säfte. Bier, Toranforderungsschnaps, Finalschnaps und weitere Obstwässerchen hoben die Stimmung. Diese bewirkten in der Regel Kopfschmerzen, die waren allerdings auch Symptom einer Dehydrierung. Besonders Jupiter, eigentlich hieß er Ulli, war Bier und Schnäpsen aller Art nicht abgeneigt. Von den einen als Säufer denunziert, wurde er von den anderen als Kunsttrinker geadelt.

Erstaunlicherweise beherrschte die Gruppe der Spieler das Spiel nicht, denn sie begingen schließlich genau die Fehler, welche Bernhard und Wilhelm messerscharf analysierten. Auch optisch unterschieden sie sich deutlich von ihnen. Sie sahen vorwiegend finster aus, viele hatten modisch gestylte Haare und bei nahezu allen waren keine Arme erkennbar. Mein Meister meinte, dies läge an Tätowierungen, wie sie früher bei Gefängnisinsassen üblich waren.

Die Spieler liefen planlos umher, schrien, spuckten, fielen theatralisch hin, gaben den sterbenden Schwan und bei Nichtbeachtung durch den Schiedsrichter sprangen sie wie Märtyrer nach einer Wunderheilung wieder auf. Bei all meiner Sprachgewandtheit und meinen kognitiven Fähigkeiten konnte ich mir die Namen der Spieler nicht merken. Sie hatte komische Endungen wie „bom", „teng", „lic", cek", „ücü" und ähnliche Zungenbrecher. Der einzige geläufige Name war der eines gewissen Herrn Müller, der allerdings weniger mit seinem Spiel als vielmehr als Co-Kommentator auffiel. Was also war so spannend und abgesehen von Bier und Schnaps derart belustigend, dass man sich ein Fußballspiel ansehen sollte?

Mir dämmerte, dass ich das Menschsein noch nicht so recht begriffen hatte. Vielleicht waren es die geistigen und sprachlichen Entgleisungen nach dem Spiel, bei dem sich auch die Reporter dem Niveau anpassten, die mich stutzig machten.

„Wie haben Sie das Spiel gesehen?" „Ja, ich sage mal, es steht, tja, 1:1, aber es hätte auch umgekehrt lauten können." „Toll, Sie haben ein Tor geschossen, freuen Sie sich?"

„Ja gut, ich konnte der Mannschaft helfen." „Denken Sie schon an den Abstieg?" „Ja gut, man darf den Sand nicht in den Kopf stecken, wir müssen, tja, die Leistung abrufen, zu fünfzig Prozent haben wir es geschafft, aber die halbe Miete ist das noch nicht." Messerscharfe Analysen, geradezu Grimme-Preis-verdächtig.

Aha, wie so oft liegt auch hier die Mitte in der Wahrheit, dachte ich

Vernunftbegabte Menschen
Ich lag die ganze Nacht wach und grübelte. Einerseits plagte mich ein Brennen im Magen, was ich auf den heimlich gekosteten höllisch brennenden Schnaps zurückführte, andererseits fand mein wacher Geist keine Ruhe, musste er sich doch mit dem eigenartigen Verhalten

der Protagonisten des gestrigen Spieles beschäftigen. Am nächsten Morgen ging ich hinüber - kurze Strecken legte ich aus sportlichen Gründen zu Fuß zurück – klopfte höflich am Fenster und begehrte Einlass. Wilhelm ließ mich hinein und bot mir eine Portion Rührei an. „Rührei?!", es klang einigermaßen barsch, beinahe wie ein Befehl, aber so kannte ich ihn. „Sehr gern." Wortlos speisten wir und mir fiel auf, dass Wilhelm seinen Kaffee mit schmerzverzehrtem Gesicht einnahm. Aha, dachte ich, Sodbrennen. Egal, ich sprach ihn an.

„Mein lieber Wilhelm, sowohl durch deinen Unterricht als auch durch eigene Studien bin zu der Erkenntnis gelangt, dass ihr Menschen zwar vernunftbegabt seid, gleichwohl nicht vernünftig handelt. Ihr habt die Sprache erlernt und konntet euch mitteilen. Mit Sokrates und Platon habt ihr das Denken auf eine neue Ebene gehievt, die Philosophen haben euch den Glauben an eine Seele gebracht. All das würde einem gewöhnlichen Tier, ja sogar einem Genie wie mir nicht einfallen, wie ich schmerzlich zugeben muss. Aber ist es vernünftig, Tiere zu quälen, Kriege zu führen oder ein paar Männern in kurzen Hosen beim Ballspielen zuzusehen?!"

„Papperlapapp", Wilhelm konterte. „Abgesehen davon, dass du mal wieder maßlos übertreibst, hast du theoretisch Recht" begann er seine Erwiderung, „dabei hast du meinen Landsmann Immanuel Kant vergessen. Von ihm stammt übrigens der Wahlspruch aus der Zeit der Aufklärung „Habe Mut, dich deines eigenen Verstandes zu bedienen." Natürlich sind wir moralisch nicht besser als andere Tiere und da wir es besser wissen sollten, ist unser Verhalten unserer nicht würdig. Unser Umgang mit Tieren ist kein Heldenstück unserer Art und ich will nichts beschönigen. Seit Menschen existieren gibt es kriegerische Auseinandersetzungen und all das trotz aller Friedensbewegungen und Religionen oder vielleicht sogar wegen diese Organisationen. Warum ändert sich nichts auf diesem Planeten. Kriege zu führen ist menschlich, aber auch das Revierverhalten bei Tieren ist nichts Anderes, nur mit anderen, unterlegenen Mitteln. Und schließlich der Fußball. Fußball macht einfach Spaß. Das Spiel baut soziale Spannungen ab und schon die kleinen Rotzlöffel lernen Teamfähigkeit, Disziplin, Pünktlichkeit und natürlich haben auch sie in der Gruppe viel Spaß. Das Bundesligaspiel, das du gesehen hast, ist in der Tat eher abschreckend. Leider ist aus dem schönen Sport ein lukratives Geschäft mit all seinen negativen Begleiterscheinungen geworden.

Trotzdem sage ich dir, du kindliches Gemüt: Das Leben ist schön, trotz oder wegen unserer Unvernunft!"

Montagmorgen

Ich wachte sehr früh auf. Das dumpfe, unmelodische „guh-gugu-guh" der unvermeidlichen indolenten Dumpfbacken, der Ringeltauben, ärgerte mich, sodass ich mich erhob und mir vornahm, bei nächster Gelegenheit eine von ihnen zu verspeisen. Es war zwar kalt, aber die Sonne schien freundlich und lud förmlich zu einer sportlichen Betätigung ein. Zum Fußballspielen fehlten mir trotz meiner Vortrefflichkeit einerseits sowohl die körperlichen Fähigkeiten und passende Schuhe, andererseits empfand ich Fußball nach dem, was ich gesehen hatte, als abschreckend und niveaulos. Zum Schweinereiten und Kunstflug hatte ich keine Lust, wohl aber zu einem strammen Spaziergang. Körperliche Aktivität ist gesund und macht Spaß, sagt Wilhelm immer, bevor er sich zur Mittagsruhe ins Bett legt. Ich flog zur Hauptstraße und von dort marschierte ich etwa 100 Meter aus dem Ort hinaus. Von dem sogenannten „Runner's High", einem rauschähnlichen Zustand, in dem alles fließt und man quasi von allein geht, war ich weit entfernt. Das einzige, was bei mir floss, war Schweiß. Wilhelm hatte mir erklärt, dass beim Sport ein Glücksgefühl, hervorgerufen durch Endorphine oder körpereigene Opioide, entsteht. Das Wissen darum war allerdings nur theoretischer Natur, wie er generell nur theoretisch eine Sportskanone war.

Ich nutzte meine erste kleine Ruhephase, um sowohl meine Kollegen als auch die dicken Ringeltauben am Straßenrand zu beobachten. Dies tat ich lässig ein Liedchen pfeifend, um nicht aufzufallen. Genau wie ich schätzten die anderen Krähen Entfernung und Geschwindigkeit der entgegenkommenden Fahrzeuge ein und verhielten sich entsprechend unaufgeregt. Ich selbst nahm auch noch Augenkontakt mit den Fahrern auf und winkte sie großzügig vorbei. Ganz anders die Dumpfbacken. Bei jedem Auto flogen sie angsterfüllt und gackernd hoch. Dies geschah ziemlich orientierungslos, mal flogen sie nur in die Höhe, mal nach rechts und hin und wieder direkt vor die Autoscheibe, wo sie einen riesigen blutigen Fettfleck hinterließen. Darauf wartete ich heute jedoch vergeblich. Auf die Endorphine auch!

Hungrig uns erschöpft flog ich nach Hause und landete sicher auf dem ausgestreckten Arm von Wilhelm. Er saß auf der Bank vor dem Haus. „Warum sitzt du hier rum?", wollte ich wissen. „Ich beaufsichtige Luise bei der Gartenarbeit." „Ach so", ich sah mich um und entdeckte sie auf allen Vieren krabbelnd, wie sie das letzte Unkraut zupfte und Laub einsammelte. Ich erzählte, den Tränen nahe, von der Taube, die mir entgangen war.

„Kein Problem, bei uns gibt es heute Mittag Klops, leckere krosse Bratklopse. Luise hat so viel Hackfleisch gekauft, dass sie gar nicht merkt, wenn ich 100 Gramm vor dem Würzen und Braten für dich sicherstelle", flüsterte er mir ins Ohr. Mir kullerten schon wieder zwei bis drei Tränen die Wange runter, diesmal aus Rührung.

„Was tuschelt ihr da?" Luise war neugierig. Aber bevor Wilhelm antworten konnte, wandte sie sich um. Rudolf, Resi und Gerhard kamen aus dem Haus. Während Rudi hektisch an der Leine zerrte, war Gerhard die Ruhe selbst. Gemächlich schlendernd, wie es nur in sich selbst ruhende Pensionäre vermögen, begab er sich zum Straßenrand und grüßte wie immer freundlich. „Hallo Luise, hallo Wilhelm, hallo Lui!" Ich heiße Ludwig, so viel Zeit muss sein, dachte ich, sagte aber nichts, denn ich nannte Rudolf schließlich auch hin und wieder Rudi. „Moin", auch Luise und Wilhelm grüßten und unterhielten sich angeregt über die Straße hinweg über das Virus und über die Lokalpolitik, in der Gerhard sehr engagiert war. Resi und Luise sprachen über ihre Kinder. Unvermittelt tauchte Hein mit dem Fahrrad auf und hielt an. „Tach auch", grüßte auch er und guckte nichtssagend in die Gegend. „Hallo Robert", alle vier erwiderten den Gruß. Rudi war wütend wegen des Fahrrades und wegen der Verzögerung durch die Nachbarn, wollte er doch in die Hammewiesen zum Spazier- und Gassigang. Nach fünf Minuten, die Robert dankenswerter Weise geschwiegen hatte, sagte er, er müsse los.

„Danke für das Gespräch."

„Wilhelm!", Luise stieß ihm den Ellenbogen in die Rippen.

Auf der Straße war momentan wenig Verkehr. Wegen der Pandemie-Beschränkungen - ein Virus namens Corona ging um - war das normalerweise stark frequentierte

Fettweg-Studio geschlossen und auch sonst gab es wenige Kontakte. Gesellige Abende mit den Nachbarn, Geburtstagsfeiern, zu denen auch ich mitdurfte, sofern sie im Freien stattfanden, waren zurzeit nicht möglich. Darum nutzten wir, Rudi und ich gehörten natürlich auch zur Nachbarschaft, jede sich bietende Gelegenheit zu einem kleinen Plausch. Ob Rudolf die Fahrradfahrerinnen vermisst, ist mir nicht bekannt. Schneeregen setzte ein, was Luise veranlasste, ihre Gerätschaften einzupacken. „Hast du schon Hunger", fragte sie überflüssigerweise Wilhelm. Diese hielt sein Versprechen und stellte mir eine Schale mit ungewürztem Mett in die Villa. Gegen den Durst kredenzte er ein alkoholfreies Weizenbier mit Grapefruit. Lecker.

Wilhelm war nicht nur mir gegenüber freigiebig und großzügig. Auch seine Gattin Luise behandelte er liebevoll. Er tat alles um Langeweile von ihr fernzuhalten. So ließ er sie im Garten nach Lust und Laune kratzen, schaben und fegen ohne sich einzumischen. Er gab ihr nicht nur bei der Gartenarbeit kluge Ratschläge, sondern war auch bei der Wahl des Mittags-Menüs sehr kreativ. Hin und wieder saugte er Staub oder räumte die Geschirrspülmaschine aus - ohne einen Orden zu erwarten. Manchmal half er sogar, Bier- und Wasserkisten ins Haus zu schleppen.

Ludo ergo sum – Ein bisschen Spaß muss sein!
Elise stieß mich an, „Ludwig wach auf, es muss etwas passiert sein." „Was ist denn los", fragte ich leicht mürrisch,

hatte ich doch gerade noch angenehm von einigen sehr aparten Dohlenfräuleins geträumt. „Erhebe dich, es ist extrem hell, schau bitte mal nach." Während ich mich vergebens bemühte, meinen wunderbaren Traum nicht zu vergessen, um ihn beim Mittagsschlaf fortzusetzen, quälte ich mich zum Ausgang. Mein frohes Erstaunen war kaum zu beschreiben. „Wahnsinn, wunderbar", schrie ich geradezu verzückt, meine Contenance fast vergessend. „Das ist Schnee, Elise."

Natürlich wusste ich, was Schnee ist, aber ich hatte selten irgendetwas so Erhabenes gesehen. Beim Schneesturm von „Hermine" ahnte ich, wie schön Schnee sein könnte. Wie eine dicke, weiße und weiche Decke liegt er auf dem Boden und nivelliert den ganzen Garten. Kein Beet, kein Stein, nicht einmal die Gartenteiche waren erkennbar. Die Hausdächer in der Umgebung, wahrscheinlich auch unsere Villa Meisenschreck", waren gleichsam mit einer in der Morgensonne funkelnden Mütze bedeckt. Da es auch klirrend kalt war konnte man erwarten, dass die weiße Pracht nicht ein kurzlebiges Vergnügen mit anschließendem Matsch war, sondern dass der Schnee einige Zeit liegenblieb.

Wilhelm trat aus der Tür heraus und begrüßte uns. „Früher war nicht nur mehr Lametta, sondern auch mehr Schnee. Nutzt den Tag und treibt ein wenig Wintersport, ich gucke mir jetzt Biathlon im Fernseher an."

Ich beobachtete eine Kohlmeise, wie sie sich immer wieder von einem Zweig eines Schlitzahorns in den Schnee stürzte, wie ein Schwimmer, der von einem Fünfmeter-Brett in den Pool springt. Offensichtlich hatte sie Freude daran, denn es diente nicht dem Nahrungserwerb. Sollte ich etwa die geistigen Fähigkeiten der schlichten Meisen unterschätzt haben? Egal, wagemutig sprang ich von der Villa direkt in den weichen Schnee, Elise folgte. Zusammen wälzten, badeten und tollten wir herum. Herrlich, nur an den Krallen wurde es allmählich kalt und wir zogen uns in die Villa zurück, um uns aufzuwärmen. Leidenschaft und Tatendrang packten mich. Wir beschlossen nach der Aufwärmphase, den Wintersport mit einigen unserer Freunde aus der Rabenbande, wie Wilhelm sie nannte, fortzusetzen. Bewaffnet mit einem kleinen Beutel voller Schokolade flogen wir zu unserem Stammbaum, wo wir den dicken Wollibald und einige andere trafen. Wir begaben uns zum Weyerberg, einem bescheidenen Sandhügel am Rande des Teufelsmoores. Susenbarg, Wasserwerke, überall Kinder, Eltern, Touristen und andere Störenfriede. Sie rodelten, kreischten und einige Gören machten sich einen Spaß daraus, uns mit Schneebällen zu bewerfen. Mir kam eine meiner grandiosen Ideen. „Jungs, in der Bauernreihe gibt es eine alte Scheune mit einem wunderbar steilen Dach, wo wir nicht von diesen Banausen gestört werden." Tatsächlich erwies sich das Dach als eine ideale, glatte Rutschbahn. Natürlich machte ich den Anfang und rutschte tollkühn in die Tiefe, wo ich mich kurz vor dem harten, gefrorenen Boden abfing und elegant und kraftvoll zum First zurückkehrte. Aus dem Augenwinkel konnte ich die bewundernden, ja fast anbetenden Blicke von Elise, Irmgard und Gerda erkennen. Der nächste war der dicke Wollibald. Er rutschte, sein Gewicht beschleunigte ihn rasant und er schlug zeternd auf. Er humpelte. „Wollibald, war das eine Landung oder ein Absturz?" Die Bande krächzte und lachte vor Vergnügen. Die beiden Grazien meisterten den Parcour souverän, auch Irmgard. Die Einzige, die nicht an Sport und Spiel teilnahm, war Gerda. Sie starrte selig auf einen Schokoladen-Weihnachtsmann und genoss die Vorfreude auf die Leckerei. Wollibald war eingeschnappt und hatte keine Lust mehr und da bereits die Dämmerung einsetzte trennten wir uns und flogen zurück.

Ich lud die Bande noch auf einen Absacker zu mir ein, in der Hoffnung, dass der Meister gut gelaunt war und uns mit ein paar Snacks verwöhnte. Tatsächlich verschwand Wilhelm in der Speisekammer und kehrte wenig später mit einem Korb voller Köstlichkeiten zurück. „Wenn ihr euch benehmt, dürft ihr euch im Geräteschuppen aufhalten."

Gerda war die Erste, begeistert lugte sie in den Korb und entdeckte sofort die Marzipankartoffeln. „Wahrlich, wahrlich, du lebst hier recht lukullisch." „Bitte, bediene dich." Die anderen labten sich an Weintrauben und Früchtejoghurt.

Nach einer halben Stunde löste ich die Runde auf, Wintersport ermüdet. Der halblahme Wollibald und Irmgard, die beim Hinaustreten über ihren eigenen Fuß gestolpert war, nahmen Gerda, die sich schmerzverzehrt ihren Bauch hielt, in die Mitte und gingen.

Bei Wilhelm und Luise drehte sich das Rad des Lebens ruhig und fast lautlos. Während sie bügelte, hatte er sich mit ein paar Wurstschnitten vor dem Fernsehgerät gemütlich gemacht. Ich klopfte dezent, Wilhelm ließ mich ein und verwies mich in meinen Hundekorb. „Mit deinen Schneeklumpen an den Füßen darfst du nicht auf die Auslegeware." Verständig fügte ich mich und berichtete von unserem Wintersporttag. „Kälte und Bewegung erzeugen Hunger," bemerkte ich nebenbei. Wilhelm verstand und kredenzte mir eine Schale mit Würfelschinken und Tomaten. „Nimm etwas für Elise mit und lass mich in Ruhe, gleich spielt der glorreiche HSV." Ich hatte meine Atzung und empfahl mich: "Tschüss, viel Spaß!"

In den nächsten Tagen setzte Tauwetter ein. Der schöne weiße Teppich verschwand, übrig blieb Matsch und Dreck. Das Wetter war noch nasskalt und ungemütlich. Elise und ich verbrachten die trübe Zeit vorwiegend in unserer Villa.

In der kommenden langen und sonnenarmen Zeit warteten wir sehnsüchtig auf den Frühling, auf bunte Blumen, den Ruf des Kuckucks und natürlich auf die vielen kleinen Jungvögel in den Nestern. Heimlich hatte ich schon ein

Rezept komponiert. „Mesange au vin", leckere Meisen mit einem Schlückchen Rotwein an Walnüssen. Wir malten uns leckere Speisen und die Farben des Frühlings mit steigenden Temperaturen aus. Ich war voller Tatendrang und Wissbegier und freute mich auf meinen ersten Geburtstag, den ich zusammen mit Elise, Wilhelm und Luise begehen will.

Mein erstes Lebens- und Lehrjahr neigte sich dem Ende zu.

Durch mein freundliches, zugewandtes Auftreten und meine zurückhaltende, bescheidene Art gewann ich bereits in meinem ersten Jahr viele Freunde und Bewunderer.

Weltweit wütet ein Virus namens Covid-19, in Amerika wütet immer noch ein Trumpeltier namens Donald, weltweit wüten verheerende Waldbrände und aus dem Osten droht eisige Kälte. Und hier bei uns, in meinem kleinen Paradies? Ruhe, alles wie immer. Luise kämpft im Garten gegen Laub und Unkraut, Wilhelm kämpft gegen den Hunger und ich kämpfe um meine Makellosigkeit und Unübertrefflichkeit sowie um das Ansehen meiner Sippe.

Richtigstellung des Verfassers

Ich habe eine Schwäche für Raben und ihre Verwandten. Sie sind unbeliebt und haben einen schlechten Ruf. Vollkommen zu Unrecht. Wenn Ludwig von Raben spricht, meint er alle heimischen und sich durchaus deutlich unterscheidende Arten wie die eigentlichen Raben, die großen Kolkraben, diverse Krähen und auch Dohlen und Elstern.

So wie das Klappern der Störche und das Schreien der Möwen an der Nordsee gehört das Krächzen der Krähen zu unserer Moorlandschaft. Laut, manchmal etwas unheimlich, aber passend zu unserer schönen ländlichen Umgebung.

Raben sind intelligent, sie handeln planvoll, begreifen Zusammenhänge durch abstraktes Denken und stellen Werkzeuge her. Sie spielen, lügen, betrügen und petzen. Sie haben ein gutes Gedächtnis und unterscheiden zwischen Freund und Feind. Sie sind hinterhältig und gemein, aber auch liebevoll. Sie sind auch soziale Teamplayer und bilden mit Wölfen Symbiosen. Sie sind geschwätzig und neugierig – auch die Männchen. Sie sind ein wenig menschlich.

Im Tierreich kann man ihre intellektuellen Fähigkeiten mit denen von Primaten vergleichen. Die schwindelerregenden geistigen Höhenflüge von „Ludwig" indes erreichen sie bei Weitem nicht. Einige können lernen, Worte nachzuplappern und Geräusche zu imitieren, sprechen oder sich mit Menschen unterhalten können sie aber ebenso wenig wie poetische Werke zu dichten oder Sinfonien zu komponieren. Ihr Gesang ähnelt tatsächlich eher einem Gekrächze als einer schönen Melodie.

So faszinierend Raben und Krähen auch sind, prahlerisch, großspurig, wichtigtuerisch, polemisch oder pathetisch sind sie nicht. Das bleibt den Menschen vorbehalten.

Protagonisten
Wilhelm und Luise, Chef und Chefin
Julius, Sohn von Wilhelm und Luise mit Freundin Klara,
Friedrich, Bruder von Wilhelm mit Ehefrau Karin
Artur, Kammersänger
Günter (Lupo) und Mechthild

Nachbarn
Heino Kückelmann und Sabine Grigoleit-Kückelmann
Anton Bengl und Erika, genannt Beton
Gerhard und Resi Wittlich
Bernhard und Ilse Gieschling
Robert Mehlmann, genannt Hein B.
Heinz Erbsacker, Stan und Olli

Die Rabenbande
Elise, Weib von Ludwig
Irmgard, etwas tollpatschige Freundin
Gerda, schokoladensüchtige Naschkatze
Wollibald, dickes Sensibelchen
Heiner, Giacomo

Andere
Heiko, alter Keiler
Udo, Kater
Wölfe
Oskar, Erich, Helfried und Gertrud

Die Handlung und alle handelnden Personen und Tiere
sind frei erfunden. Etwaige Ähnlichkeiten mit tatsächlichen
Begebenheiten oder lebenden oder verstorbenen Personen
wären rein zufällig.